対談集 いのちの言葉

柳田邦男
山崎章郎
道浦母都子
徳永　進
高　史明
細谷亮太

三輪書店

装丁　CRAFT

目次

柳田邦男×山崎章郎

第一章　いのちの言葉に耳を傾け——物語の最終章を生きる

道浦母都子×徳永 進

第二章 老、病、死を歌うとき——いのちの連鎖

高　史明×細谷亮太

第一章　いのちの言葉に耳を傾け

――物語の最終章を生きる

山崎章郎（やまざき・ふみお）

1947年、福島県生まれ。1975年、千葉大学医学部卒業後、同附属病院第１外科勤務。南極海海底調査船の船医等を経て、千葉県八日市場市民病院の消化器医長。1991年より東京都小金井市の聖ヨハネ会総合病院桜町病院ホスピス科部長、1997年より聖ヨハネホスピスケア研究所所長兼任、2005年８月より桜町病院ホスピス顧問、ケアタウン小平クリニック院長。主な著書として『病院で死ぬということ』『続・病院で死ぬということ』（主婦の友社）、『ここが僕たちのホスピス』『河辺家のホスピス絵日記』（東京書籍）、『聖ヨハネホスピスがめざすもの』（共著、星和書店）、『がんの苦しみが消える』（編著、三省堂）、『ホスピス宣言』（対談、春秋社）などがある。

柳田邦男（やなぎだ・くにお）

1936年、栃木県生まれ。1960年、東京大学経済学部卒業。1971年に発表した「マッハの恐怖」以来、事故、災害、戦争、病気、医学などさまざまな局面における現代人の「生と死」の問題を問い続けている。主な著書に『「死の医学」への日記』『言葉の力、生きる力』『「人生の答」の出し方』『壊れる日本人』（新潮社）、『犠牲』『「犠牲」への手紙』（文芸春秋）、『砂漠でみつけた一冊の絵本』（岩波書店）『〈突然死〉とグリーフケア』（共著、春秋社）。翻訳絵本に「生と死」を問う『エリカ　奇跡のいのち』（講談社）、『だいじょうぶだよ、ゾウさん』（文渓堂）などがある。

◆1◆ ひとの生死を書くということ

山崎――ここに四冊の本があります。柳田さんの『「死の医学」への日記』[*1]、『河辺家のホスピス絵日記』[*3]、重兼芳子さんの『たとえ病むとも』[*4]です。いずれも私の『僕のホスピス1200日』[*2]、河辺貴子さんと私も参加した癌を患って亡くなった患者さんたちをめぐって書かれています。

最初の一冊は当事者ではないが柳田さんのように医療に造詣の深いノンフィクション作家が取材を積み重ねて書きあげたものです。二冊目は終末期医療に携わる医師の視点から私が書いたものです。三冊目は、患者さんのご遺族が中心になってまとめられた闘病の記録。そして四冊目は、作家の重兼さんがご自身の闘病をとおして当事者としての思いを綴られたもの。このように分類できると思います。

生死のプロセスの追体験

山崎――そこでまず柳田さんの『「死の医学」への日記』についてうかがいたいのですが、ここに登場される方々に取材をなさったときの、取り組

*1　柳田邦男『「死の医学」への日記』新潮社、一九九六年。

*2　山崎章郎『僕のホスピス1200日―自分らしく生きるということ』海竜社、一九九五年。

*3　河辺貴子、山崎章郎『河辺家のホスピス絵日記―愛する命を送るとき』東京書籍、二〇〇〇年。

*4　重兼芳子『たとえ病むとも』岩波書店、一九九三年。

む前と書き上げた後ではご自分の中で変化したものがありますか。

柳田――書くということは、誰かに起こったこと、あるいは自分に起こったことを、もう一度頭の中で言語化して整理する作業だと思います。その作業をしないと、漠然とした思いとかイメージだけで終わってしまう。書くことは、その漠然としたものを意味づけ、自分の頭の中で刻み直す仕事なんです。ですから、この作品の仕事でも、何人もの方の生きてきた足跡と死の道程、そしてご家族の様子というものをじっと見つめ直すということをやったわけです。

私は二十数年来、癌医学を中心に医学、医療の問題にかかわってきましたが、そこには一つとして同じ物語、同じ死のかたちはない。その一人ひとりの生と死のプロセスが私の胸の中にずきずきと入ってきて、私のいのちの滋養分みたいになっている。ですから、取材したものをもう一度刻み直す、つまり書く作業が終わると、自分が何人もの人生を同時に生き、いろいろなバラエティに富んだ人生を味わわせてもらっているような、もったいないような充足感が胸に満ちてきます。

山崎――私も本を書く場合、現実に付き合った人たち、患者さんやご家族の人生を振り返り、思い出しながら書いていくんですね。われわれは書くことによって、その方たちの体験を自分と重ね合わせながら追体験をしているんじゃないでしょうか。そんな中で自分の死生観を確認したり、今まで見えなかったもの、曖昧だったものにも確信が芽生えてくることはありますね。

死にゆく者から学べ

柳田——その点では、山崎さんの『僕のホスピス1200日』の書き方が非常に象徴的だと思うんです。というのは、この本はもともと雑誌の連載で、こういう方のこういう看取りをしたという三〜四ページ程度の短い文章だったそうですが、そのエピソードを後から振り返り、いろいろな意味づけや思いを追記する形で書き綴って三〜四倍に膨らませている。その作業はとても大事なことだと思うんです。

私自身、今回の『「死の医学」への日記』や以前『「死の医学」への序章』[*5]を書いたときもそうでした。折々に記したノートや備忘メモ、あるいは頭の中に刻んでいるものがあるわけですが、それはただそれだけでは言葉を

＊5　柳田邦男『「死の医学」への序章』新潮社、一九八六年。

脈絡なく書き散らしたものにすぎない。ところが、時間が経ってからその意味をもう一度考え直すと、その奥にあるいのちの問題、生と死の問題についての深い思索が自分の中で醸成されてくるんです。そういう意味では、本を書くという作業は非常に深い意味を持つ思考作業だと思います。

それで私は、医療に携わる人にはぜひこういう作業をやってほしいと思うんですね。というのは、医療にかかわる人はカルテとか看護記録・診療録の中にいろいろな記録を残しているわけですが、それは患者さんの生と死の、あるいはかかわり方のいわば断片でしかない。それを文脈をもったものとして深く捉えていくには、やはり事後の再発見の作業が必要だと思うんです。

山崎——そうですね。例えば私たちのホスピスでは、患者さんが亡くなると、必ずその方のことを振り返るカンファレンス[*6]（「退院者カンファレンス」といっておりますが）をもつんですね。受け持ちのナースが、患者さんが入院されてから亡くなるまでの経過をまとめるんですが、その中に必ずその人の思い出深いエピソードを入れる。

柳田——多くの医療現場ではそれがないんです。総合病院でも一般の単科

＊6 conference（カンファレンス）。相談、協議、会議の意だが、ここでは個々の患者について、関係する医療専門職が一堂に会し、その患者に対する医療を計画・修正・評価する場のことである。

病院でも、患者さんが末期を迎え、亡くなっていくのにどうかかわったかを振り返ることはまずないといっていい。例えば深夜に亡くなりますと、当直医が死亡診断書を書き、当直の事務の係が遺体を引き取ってもらうのを待って事務的な処理をする。なぜ死に至ったのかの医学的な説明を、主治医が家族にすることもない。死亡診断書を渡したらそれで終わり。医療者側としても、その患者・家族とのかかわり合いについて、これでよかったのかどうか、何が残された課題か、学んだことは何か、そういうことを振り返るようなカンファレンスをやらないんですね。

山崎——そうですね。ホスピスはチームで取り組んでいますから、受け持ちのナース以外の視点もあるわけです。例えば、ある受け持ちのナースが「私としては本人もご家族も納得できるようなケアができたと思います」とまとめても、別のスタッフから、「でも実は、こういうマイナス面もあった。そのこともきちんと記録に入れておいてくれ」といった意見が出てくることがあります。逆に、受け持ちのナースが「私は何もできなかった」、「あまり役に立てなかった」と思っていても、別のスタッフから、「でも、こういう場面では別の人がちゃんとフォローしていたんですよ」ということが報告されると、そのナースはほっとしたりしますね。いずれにしろ、自分たちが提供したケアの内容をチームとして振り返ると、いろいろと見えてくるんですね。それらの振り返りは、提供したケアに自信をもつことでもあり、前進のための反省にもなるわけです。そういうことが大切なんだな、と今のお話を聞いていてあらためて思いました。われわれが患者さんたちのことを振り返りながらさまざまな物語を書いていく意味もそこにあるんじゃないでしょうか。

柳田——死にゆく患者から医療者が学ぶということが、なぜ一般診療の場において行われないのか、不思議でしょうがない。

一人の人間のいのちがトータルに見えてくるのは、まさに死に直面した最期の生き方ではないかと思うんですが、そのプロセス全体をどう捉え、そこにどうかかわっていくかを自分なりにまとめずして、医療者としての人生の豊かな収穫というのが本当にありうるのか。それをしないで、十年も二十年もやっていられるなんて（笑）。技術レベルだけで日々忙しくしていたのでは、あまりにも貧相ではないかなと思うんですね。

山崎——私が外科医をしていたころ、患者さんが亡くなった後の大事な仕事は病理解剖だったんです。病理解剖の目的は、自分たちの診断や治療を反省することにありますから、それはそれで意味のあることですよね。けれども医療の世界では、治療中であれば治療した患者さんのデータ、亡くなったら病理解剖からのデータが業績や評価につながっていく。

結局、ずうっとデータをとり続けるようなことになると、患者さんが亡くなっても、「一人の方の人生がここで終わったんだ」という振り返りではなく、「次に病理解剖の交渉をしなくちゃ」という視点になってしまうわけです。大学病院にいたころ、「病理解剖をご家族が承諾してくれるかどうかは、どれだけよくその患者さんを診たかによるのだ」というようなことがよく言われました。しかし実際は、患者さんが元気なうちはあまり行きもしないくせに、死期が近いことがわかると足繁く通ったりする。それは、そうすることで病理解剖をご家族に同意していただける率が高くなるという理由からなんですね。そこには、その方の人生に深くかかわり、ともに歩いていこうとする姿勢が欠けていました。

物語《ライフヒストリー》の最終章を書き上げる

柳田——私は『「死の医学」への日記』の中で何人かの方のことを書きましたが、例えば石仏写真家だった長谷川聡子《としこ》さん[*7]は、自分が作りたいと思っていた写真集が完成できそうもなくてうつ状態になっておられた。ところが副作用の強い治療を中断することで支えられ、前向きになって、それが逆に延命効果をもたらした。米田奎二さん[*8]はジャーナリストとして一冊の本を書くのに最後の時間を使おうとして、非常に前向きになることができた。死んだように生きるよりは、生きて死ぬという人生観を貫いたんですね。それから新潟県立がんセンターの赤井貞彦先生[*9]は、自分が病院長だったがんセンターの三十周年行事をやり遂げること、そして自分の趣味であった乗馬をもう一度楽しむこと、この二つを達成することが死を受け入れるいわば最後の条件になったわけです。

こういうエピソードをみて感じることは、これだけはやっておきたい、せめてどこかへ行きたい、誰かに会いたい、といったことは、持ち時間が短くなったときにとても大事なことで、自分の人生という物語の最終章をきちんと書けるかどうかにかかわるような問題になっているということで

＊7　柳田邦男『「死の医学」への日記』新潮社、一九九六年、二九〜六二頁。

＊8　前掲書、九七〜一四八頁。

＊9　前掲書、二九七〜三一九頁。

す。

ここでもう一つ注目したいのは、最後にやっておきたいこと、自分の人生の意味づけになることというのは、決して大それたものではなく日常的で、細やかで、自分の生活や人生の延長線上にある、自然な物ごとであっても十分だということですね。

本を書くときは、話をわかりやすくするために、わりと魅力的で派手なエピソードを書きがちなんですが、本当はもっと日常的なことのほうが一般性がある。例えば赤井貞彦先生の場合も、病院の三十周年行事もさることながら、本当はたった五分でいいから自分の好きな乗馬をしたい。そこで医療スタッフが対症療法でそのためのコンディションづくりをする。そしてついに乗れた。――そういうことのほうが一般性のある大事なことのような気がするんですね。山崎さんも『河辺家のホスピス絵日記』の中で、

ささやかなことと思うのは周囲がそう思うだけであって、本人にとっては大きな出来事なのである。[*10]

＊10　河辺貴子、山崎章郎『河辺家のホスピス絵日記―愛する命を送るとき』東京書籍、二〇〇〇年、六九頁。

と書かれていますね。これ、とっても大事なポイントだと思うのです。例えば、もうだめかと思った人がベッドから起き上がることができた、ほんのちょっと歩けた、あるいはティータイムをラウンジで楽しむことができた、そういう小さなことが実はとても大きな意味をもっている。それは当事者にならないとわからない、本当に死にゆく人がその場面に直面しないとわからない、それくらい重い意味をもっていることだと思うんですね。

山崎――柳田さんのご本の中に出てくる人たちは特定の目標をもっている方が多い。写真集を作り上げたいとか、ジャーナリストとして一冊の本をどうしても書きたいとか、三十周年の記念式典をしたいとか、――自分の人生の核となる仕事をもっていて、それを完成させることがその人の人生の完成につながるんだという人たちですね。しかし皆が皆、自分の人生をかけた仕事をもっていて、それを完成させることが自分の人生の完成につながるという人ばかりではない。そういう目標をもてないまま人生を終える人たちもいるわけです。

しかしそういう人でも、今まで動くことさえできなかったのに、痛みがとれ、歩いてテーブルにつき、そこで食事ができるようになると、そういうことにも達成感を感じるわけで、達成感という意味では共通しているだろうと思うんですね。

ですから、ことの大小にかかわらず、その人が生きていく中で大切にしているものが見えたら、その人と周囲の人間（ご家族も含めた医療スタッフなど）がその達成を一緒に目指していくことが重要だと思います。また、皆の思いが一致して、皆がそのことを目指して力を合わせていくことができれば、仮にそのことが達成できなかったとしても、その取り組みそのものにそれぞれが納得はできるだろうと思います。

柳田——すばらしい指摘ですねえ。医療スタッフはふつう学問的なアプローチで患者さんの病態を観察し、それに対応する医療行為を考えると思うんですが、終末期医療で大切なのは、その患者さんにとって大事なことは何か、その人が生きている実存的な意味を見いだすために何がいま必要なのかを視野に入れて、自分の対応を考えることではないでしょうか。言うならば、エピソードを発見するお手伝いをする、ということです。それがまさにホスピスケアの大事なねらいでもあるわけですね。

医学的には全然意味がない小さなエピソードであっても、患者さんにとってはすごく大きな意味をもちうる。それは、その人が自分の生きている意味を手に入れ、死を受け入れる条件にさえなりうるものだと思うんです。

山崎——私も柳田さんも、自分のかかわった患者さんや取材した人たちをとおして一つひとつの物語を作らせていただいている。この中に登場してこない人たちも、皆一人ひとり自分の物語を作っているわけです。

人生を生きて終えるというのは、それぞれが自分の物語を作り、それぞれが自分の納得できるエンディングをしていくことだと思います。物語という視点で患者さんやご家族とかかわっていかないと、終末期医療はできないんじゃないでしょうか。

◆2◆　自分の生死を書くということ

人生を振り返る・語る・意味づける

山崎——ニュージーランドのホスピスを視察した際に、ボランティアの人たちが患者さんたちの自伝作りに協力している場面のスライドを見たことがあります。患者さん自身はもう自分でまとめられるだけの力がないので、口述筆記でボランティアの人たちが作っていくんですね。

誰でもかつて輝いた時代があって、いろいろな物語を作ってきたはずです。それをお話しいただいて、その物語を自伝として作り上げていく。その過程で、自分にも有意義な輝いた時代があったということが思い出され、自分の人生の振り返りができるわけですね。また、それが「誰それの物語」という形で一冊の本にまとめられると、患者さんは非常に大きな達成感をもてるんだということでした。

時間が限られていて、間もなくこの世から去らなければならない人にとって、大切なのはやはり振り返りだと思うんです。自分の人生を振り返り、自分の人生の意味づけをしていく必要があるわけですね。こう考えると、闘病記もそうですし、私たちが書いているものもたぶんそういうことなんだなと思うんですね。

今、私たちのホスピスでは、音楽療法士[*11]の方に各患者さんの部屋をまわっていただき、リクエストに応えて患者さんの好きな音楽を演奏するということを「音楽宅配便」という名前をつけてやっています。これも自分の人生を振り返るということにつながっていくんですね。音楽によって揺り起こされるいろいろな思い出があって、それによって悲しかったり、楽しかったり、辛かったり、充実していたりした時代を思い出せる。そして、ひととき現状の辛い状態から解放され涙も流すわけですね。そういうさまざまなことがあり、そして今があるんだということで、そこを納得できるプロセスにつなげていけるのかなあというところがあります。

柳田——最近話題になっている傾聴ボランティア[*12]もそれに重なるものだと思いますね。東海大学の村田先生[*13]があちこちでセミナーをおやりになったり、熱心に取り組んでいるボランティアの方がいまあちこちに増えていますけれど、あれはとても大事なことだと思うんですね。

私が思い出しますのは、もう二十数年前に河野博臣先生[*14]が書かれたこと

＊11　音楽療法の専門職。日本音楽療法学会によれば、音楽療法とは「音楽のもつ生理的、心理的、社会的働きを用いて、心身の障害の回復、機能の維持改善、生活の質の向上、行動の変容などに向けて、音楽を意図的、計画的に使用すること」である。

＊12　ホスピス、病院、老人ホームなどで、孤独と不安のなかにいる患者を時々訪ね、ベッドサイドで人生の思い出話を聞いてあげるボランティア活動。大事なことについては、「……だったんですね」と、繰り返してあげ、「よくやりましたね」「そうだったんですか」と支えてあ

なんですが、自分のところでお世話したおばあさんが癌の転移でお腹が膨れあがり、苦しがってうめいていた。そして、非常にうつ的になっていて、医者とも看護師ともほとんど口をきかない。こういう難しい状況の中で、看護学生を当番で傍にいさせてケアに当たらせた。そのとき看護学生は、どうしていいかわからないから、ただ傍に付き添って、手をとってじーっとしているうちに、いつか黙って背中をさすっていた。おばあさんは看護学生のひたむきさに心を動かされたのか、ぽつりぽつりと話し出したというんです。

人が内面にあるものを言語化するのには時間がかかるものですが、特に病者の場合はゆったりした時間がとても大事なんですね。「あなたのような若い頃が私にもあった。結婚して妊娠し、こんなふうにお腹が大きくなってね。生まれた息子も外国に行ったきり、帰って来ない」というところから話は始まり、次第に人生回顧談になっていった。自分がどこで生まれ、どこで育ち、誰と結婚し、子育てをし、夫は五年前に脳出血で亡くなった、と進展していったそうです。そうしたら、話すうちにおばあさんはだんだん穏やかな表情になっていったというんですね。

げる。一定のセミナーを受けて聞き方を身につけなければならない。

＊13　村田久行（むらた・ひさゆき）。東海大学健康科学部教授。傾聴ボランティアの研究・実践者。

＊14　河野博臣（かわの・ひろおみ）。昭和三年（一九二八年）〜平成十五年（二〇〇三年）。福岡県生まれ。癌患者の終末期医療の草分け的存在で、在宅ホスピスケアに生涯をかけて取り組んだ医師。神戸市で外科の診療所を開きながら癌患者の在宅ケアに早くから取り組み、日本死の臨床研究会創設（一九七七年）の中心になり、その代表もつとめた。晩年は自らの癌闘病記を書き、二〇〇三年八月死去。七十五歳。

何回かそんなことを繰り返すうちに、腹水が貯まって膨れ上がったお腹をさすりながら、妊娠したときのことを思い出したらしく、「なんかお腹の中に赤ちゃんがいるようだ」と言い出し、「足が動いた、手が動いた」という話をする。それからは行くたびに、「今日はお腹の子どもがどうしたこうした」という話になる。

こうして、今までうめき苦しんでいたおばあさんがとても静かな穏やかな状態になり、自分の運命を受け入れるような雰囲気で旅立っていったというんですね。

この話はとても深い意味をもっていると思うんです。おばあさんにとっては、自分の人生を一度振り返る必要があったんでしょう。自分にも若い娘の時代があったし、結婚して出産した時期もあり、子育ての時代もあって、それが今日につながっている。自分が子どもを生んだということには、いのちの継続性の意味もあったに違いない。

そういう自分の人生を丸ごと振り返り、納得感をもって受け容れることによって、死というものを受け容れる、そういう無言の納得感、受容感が生まれてきたんじゃないかと推測するんですけどね。

山崎――おそらくそうだろう思いますね。私も毎日患者さんとお付き合いしていて、やはり自分の生きてきた意味と今いる意味の意味づけに納得できる方たちは、旅立つことについての納得もできるような感じがするんですね。

そうすると問題は、患者さんたちがどうやって自分の意味づけをするチャンスを見つけることができるか、ということですよね。痛みをとるなど医療的なこともすべて大切ですが、医療的なかかわりだけだと、患者さんは自分自身からは意味づけをするチャンスをなかなか見つけられないんじゃないでしょうか。

お話にありましたように、忙しそうにしている人に対しては、患者さんはなかなか自分の言葉を出しにくい。だけど自分のところに五分でも十分でも余分にいてくれる人には、やはり自分のこと、自分の人生を語りたいわけです。「若いころの話をちょっと聞かせてください」と言うだけで、最初照れながらでも何か言い出しますよね。

そういうことが必要で、その積み重ねで意味づけができていくと、自分はまったく突然病気になったわけではない、それなりのプロセスがあって今があるのだという、その意味づけも見えてくるんじゃないかと思うんです。

そうすると、日記でも短歌でも俳句でも、書けるうちに少しずつでもいいから、その日の思いを文字にしていくことを提案することも大切なケアの一部なのかなって思うんですね。やり続けることによって達成感もあるでしょうし、意味づけもできてくるのではないでしょうか。

新しい闘病のスタイル

柳田――その点で『河辺家のホスピス絵日記』は、ホスピスで本当にいい旅立ちができた新しい記録だと思うんですね。

ホスピスの一一六号病室に入院した河辺さんとその奥さんが、死というとても大変な問題に直面しながらも、毎日絵日記を書いてはそれを「116NEWS」として自分の病室の前に貼り出すということを始める。他の病室の患者さんや家族、それに医療スタッフもそれを毎日心待ちにして読み、そこから自然な交流が生まれてくるわけですが、私はこの本を読んでとても深い意味を感じました。

その意味というのは、山崎さんも「はじめに」でお書きになっていることですが、第一に、当の患者・家族つまり河辺さんご夫妻が「書く」という作業をとおして、自分たちが直面している非常に厳しい状況を乗り越えて前向きに生きるエネルギーを自ら引き出している、ということです。

そもそも物を書いたり表現することには、自分のいのちを確認する作業という意味がある。それがこういう癌末期の、ややもすれば落ち込んだりネガティブになりがちな中で、絵日記という形式で、しかもそれを毎日公開していくということになると、それは自分の周りにいる人や身近にいる人を鏡にして、そこに自分たちの状況を投影し、投影したものをもう一度自分で確認するという作業となり、今日という日を生き、明日に希望をつなぐという意味をもってくるんだと思うんですね。

もう一つの意味は、これによって他の患者や家族も、「こういう生き方があるんだ。ホスピスというのは閉ざされた病室の集まりではなく、生と死の厳しさに直面しながらも、こうやっていのちを共有し合える場なんだ」ということが理解し合える。そういう意味もあったんじゃないでしょうか。

これは新しい闘病のスタイルとして注目したいですね。

山崎——私が絵日記を読みながら感じましたのは、患者さんにしてもご家族にしても、自分たちの体験を文章化することは、その日その日の記録になると同時に、自分たちの置かれている状況を客観化する作業にもなるということですね。その積み重ねの結果がここだったというふうにつながられるんじゃないかと思うんです。

柳田さんのご本の中でも「妻の在宅ホスピス」[*15]という章で、ライフケアシステムの佐藤智先生[*16]が患者さんのご自宅にうかがったときに三つの助言を示されていますね。

「①出来るだけ坐る、歩く。

②食事は栄養のあるものをとる（良質の蛋白質）。

③日記をつけて下さい。[*17]」

これを読んでいて、「そうだな」と思えたんですね。簡潔でもいいから日々の記録をつけていくこと——闘病記でもいいし生活日記でもいいのですが——の意味は、その日その日の記録になると同時に、自分の状態の変

＊15　柳田邦男『「死の医学」への日記』新潮社、一九九六年、一四九〜二〇七頁。

＊16　佐藤智（さとう・あきら）医師・ライフケアシステム代表幹事。日本在宅医学会会長。在宅医療の草分け的医師。はやくから「病気は家族で治すもの」を掲げて、二十四時間連絡のとれる会員制の在宅ケアシステムであるライフケアシステムを創設。

＊17　前掲書、一六七頁。

化もまったく不思議な突然の出来事なのではなくて、そこにはそれなりのプロセスがあったということを確認できるんじゃないか、ということですね。

柳田――それともう一つ、『河辺家のホスピス絵日記』を読んで誤解が解けたことがあるんです。その誤解というのは、「やっぱり本当は家で最期を迎えるのがいいんだ。ホスピスにはホスピスなりの素晴らしさがあるけれど、やはり家と違って病院に近い。これはホスピスも施設であって、特定の病室に入るということから避けられない問題だ」と思っていたことでした。けれども河辺さんご夫妻の場合は、「一一六号がわが家」という意識をもち、七十一日間の入院生活中に奥様が家に帰ったのは三日だけというふうに、そこを生活の拠点にしてしまっている。そして病室のドアをわが家の玄関に見立て、そこにユーモアたっぷりの絵日記を貼り出すということによって、病室という空間を閉じたものでなく、病棟全体とつながる開かれたものにして、家にいるのとできるだけ変わらないような意味をもたせているんですね。もっと積極的に言うなら、家ではできない、同じ状況にある患者・家族と毎日交流し連帯し合える場にしている。これはホスピスの利用の仕方が非常に上手だなと思いました。私が病室はやはり病室だという否定的な先入観にとらわれていたのに対して、ホスピスを自分の家にしちゃおうというすごく前向きな利用法を見せてくれた。これには私も負けましたね（笑）。

山崎――われわれはもちろん「ホスピスの部屋は病室ではなくて皆さんの家ですよ」ということは強調します。「ここはもう家なんだから、いろいろ持ち込んでもかまわないし、皆さんのペースでできる場所ですよ」ということを言うんです。それでも、まったく自分の家として利用される方はそう多くはないんですね。どうしても家とは違う空間として捉えてしまう。そういう意味では、河辺さんは見事にホスピスを自分の家にしてしまった。つまり、もう引越してきちゃったわけですね。そういう感覚で使ってくださった。だから、在宅がベストなのか施設がベストなのかという論争はあまり意味がなく、大切なことは、そこにいる人がどれだけ安心し、どれだけ納得して過ごせる場所なのかということになってくるんだと思うんですね。ですから私は患者さんやご家族が満足され、納得されるのなら、在宅でも施設でも、どちらでもよいのではと思っています。

闘病記の時代

柳田――私は今の時代を「闘病記の時代」と名づけているんです。それは「死の社会化の時代」という意味をもっている。というのは、昔は、死というのは家の中や個人の秘められたプライベートなことでしかなかったのが、今の時代では、秘められた出来事というだけでは自分が生きてきた証がいま一つつかみきれない不安感がある。そこで、「一体自分はどういう人生を歩んできたのか、そして自分が生きてきたことにはどんな意味があるのか」ということを確認するために、プライバシーの被いを取って、社会の中に自分を置いてみる。

かつては個人の手記で言うと戦争体験記が中心の時代があり、戦争とのかかわりにおいて自分を確認していたのが、戦争のない平和な時代になって、災害や病気が非常に重大な意味をもってきた。そこで、病を背負った自分という存在を客体化し、客体化することによって自分を再認識することが大きな意味をもつようになった。それが闘病記というものの位置づけであり、闘病記全盛の背景だろうと思うんですね。

闘病記というのは日記の形式をとることが多く、治った人の場合も亡くなった人の場合も事後に製本されるのがふつうですが、この『河辺家のホスピス絵日記』は、たしかに事後に出版されたとしても、実際には毎日リアルタイムで病棟内で社会化されていったわけですね。病室内で起こっていることが絵日記の形で貼り出され、「ああこの病室では患者さんやご家族が昨日今日とこんなふうに過ごしているのか」ということが見えてくるから、ホスピスの場合はもちろん、患者さんの病状や病態しか見ていないような一般病棟の医療者にとっても、患者・家族にとっても、ケアや闘病のあり方を考えるうえで刺激的ですね。

山崎――そうですね。他の患者さんたちも、こんな形で自分たちの意思を表現していいんだとわかって、病棟内でちょっと流行ったんです。皆がその日の出来事を貼り出して、それぞれのニュースを見に、お互いに行ったり来たりするわけです。一〇四号室にいた人は「104（天使）通信」。もう一つ、名前を忘れたんですが、壁新聞みたいにして、その日の出来事をライブで、通常の回診や診察では出ないことを出して見せてくれた。

いずれも自分の状況を客体化する意味では非常に意味がありますし、診察の場面ではうまく言えないことをそこにさり気なく書いてくれると、

「あ、これが言いたかったんだな」ということが見えたりするんですよね。

柳田——以前、ある国立病院の病院長が、亡くなられた患者さんの奥様から闘病日記をいただき、ふと思い立って、看護記録と日付を追いながら比較検討をしたんです。そうしたら、その看護記録にはあまりにも渇ききったデータしか並んでいなくて、患者さんの状況が何一つ書かれていない。患者さんの心も姿も見えてこない。ところが、闘病日記を読むと、看病していた奥様と婦長さんが大喧嘩をした日があり、それを聞いていたご主人も落ち込んでしまって、しばらく大変だったということが書いてある。ところが同じ日付の看護記録はこの事実にひとことも触れていない。そしてこの病院長は、「医療者と病室内の患者のこのずれは大変な問題だ」ということをお書きになっているんですね。

そういう意味でも、診療だけの記録とは違った日記や絵日記が病棟内で公開され、交流のもとになっているというのは新しいことですね。

山崎——私自身にとっても非常に新鮮でした。ですから、これはぜひ世に出して皆さんに読んでいただきたいと思ったんです。

癒しとしてのユーモア

山崎――河辺さんご夫妻のホスピス絵日記はユーモアたっぷりの絵と簡潔な文章でドアの前に貼り出されるんです。スタッフは皆自分のことをどう書かれるかなあ（笑）、とハラハラドキドキしているわけです。もちろん悪意はない、ユーモアたっぷりなんですね。

柳田――死に直面している人とその奥様であるのに、とてもユーモアに富んでいる。このゆとりというのはすごいなあと思いました。そういうものがドアの外に貼り出され、他の患者さんや家族が読むということには、お互いの癒しの作業としてもとても素晴らしい効果があると思うんですね。元気な医療者が患者さんにユーモアなんかを言うと、変に反発をくらったりするわけですが、本当に追い詰められた状況の人が自らユーモアをもって話すと、とても素晴らしいエネルギーになるなあと思いますね。アルフォンス・デーケン先生[*18]や柏木哲夫先生が盛んにユーモアを強調されますが、それを実践するのは難しいことですよね。

山崎――患者さんは時間も限られていて、ある意味では大変な極限状況にあるわけです。ところが、あるひとことでその場がふっとなごんでしまっ

＊18　Alfons Deeken（アルフォンス・デーケン）。一九三二年、ドイツ生まれ。一九五九年、来日。上智大学文学部名誉教授。「東京・生と死を考える会」「生と死を考える会全国協議会」会長。「死生学」という新しい概

たり、思わず皆が笑いこけてしまうということは起こりうるんですね。誰もその場面で笑おうと思っているわけではないんですが、患者さんとわれわれ医療者との間に相互の信頼関係があると、そういうこともあるんです。よくデーケン先生は「にもかかわらず」ということをおっしゃいますね。こんなに辛い場面「にもかかわらず」、お互いのやりとりの中でつい微笑んでしまうような事態が起きたり、笑いをさそわれる言葉が出てきてしまうことがあります。この本はそういうことを絵日記という形で示してくれたんだな、と思いますね。

念を確率するとともに学問として定着させ、ライフワークとして「死への準備教育」を積極的に展開し、日本における死に関する学問と教育に寄与した。著書に『死とどう向き合うか』(NHKライブラリー)、『ユーモアは老いと死の妙薬』(講談社)、『生と死の教育』(岩波書店)、『光のダイアローグ』(三五館)ほか多数。

◆3◆　生かす言葉、殺す言葉

語る言葉の難しさ

柳田――山崎さんはいろいろな患者さんとのかかわりの体験をお書きになっていますが、患者さんを目の前にして対応したその瞬間というのは、先生ご自身も精一杯で、いちいち分析的に自分の言葉や行動を意味づけたり考えたりしているわけではなく、とっさに対応しているのでしょうね。

山崎――ええ、生の反応ですから。

柳田――現場ではいろいろな言葉や仕草が頭の中からでなく全身から自然に出てくるんだと思います。しかし、さり気ない言葉でも、よく考えてみるととても重い意味をもっていたりします。

あるとき、ある外科医がテレビ番組で山崎さんが終末期の患者さんに対応している態度と言葉を観ながら、「ああいうことって、できるようでできないんだよな」とおっしゃったんですね。そのとき山崎さんは別に難しいことを言っていたわけではない。「そうですね」とか「（死後の世界は）あるような気がするんです」といったごく自然な会話なんです。こういうさり気ない言葉をひとこと言うにしても「できるようでできない」のは、それがただうわべだけの言葉ではなくて、いろいろな患者さんや家族との付き合いの中から医師として貯えてきたものがすべてそこに込められ、滲んでいるからなんだろうと思うんですね。

それはやはり、一人ひとり死にゆく患者さんと真摯にお付き合いし、一人ひとりについて後で振り返って意味づけし、学んだこと、足りなかったことを考える、それが無形の財産になって膨らみをもってくるからではないでしょうか。

同じ言葉を使っても、ある人が使うと素っ気なく突き放すようだったのが、ある人が使うとすごく温かく包むような言葉になったりします。言葉って本当に難しいと思うんです。大げさに言うと、ひと言に全人格が問われる——。

山崎——言葉の難しさでいうと、たとえ結論が同じでも、その結論に至る意味づけをどのような言葉で表現されるかによって全然意味合いが違ってきてしまうことがよくあります。

例えば患者さんの病態がだんだん悪化していき、浮腫が出てきたり血圧が下がってくると、それまで行っていた点滴も医学的には意味がなくなり、結果的に点滴を減らしたり、止めることになるんですね。けれども、そのことをご家族に伝えるときには、やはり言葉に気をつけなくてはいけない。「今の状況では、この点滴は医学的に意味がないので、そろそろ止めたほうがいいかもしれません」といった言い方をすると、ご家族は「意味のない点滴なのか」、「もう意味のない存在なのか」という受け止め方をしかねないと思うんですね。

そういうときは、「この状態での点滴は、たぶん患者さんにとって負担が重すぎます。このことによって苦痛が増すかもしれませんので、そろそろ減らしたほうがいいかもしれません」という言い方をするんです。結果としてはいずれにせよ点滴を減らすか止めることになるんですが、「意味がないから止めましょう」では存在そのものの否定になってしまう。それを「負担になる」という言い方で、「この状態でも患者さんの状態をいろいろ配慮したうえで」というニュアンスが伝われば、点滴を止めるという結果は同じでも、ご家族の受け止め方は全然違うんじゃないかと思います。

今までの臨床的な経験の中からそういう学びはもちろんありますね。

柳田——例えば、もう末期に入って積極的な治療に意味がないことがわかっている本人や家族が、やはり何かにすがりたい。

そこでよく主治医に「丸山ワクチン[*19]はどうでしょうか」と聞くんですね。これに対する主治医の反応は千差万別です。極端な場合は「あんなものは科学的に根拠がない。そのへんの水を飲んでるのと同じですよ」とか、「うどん粉を食べるのと何も変わらないですよ」とか、「そんなものに騙されてちゃいけません」といった言い方をする医者がいます。一方では、「私はまだ丸山ワクチンの効果というのはわかりませんけれども、しかし今の科学では説明できない問題もありますから、なんとも言えません。特に副作用はありませんから、それがどうしてもご希望ならば紹介状を書きます」というように、非常に軟らかい対応をするお医者さんもいるんですね。

前者のように突き放した言い方をされると、患者さんやご家族は「もう何もないんだ」、「もう自分たちには頼るものが何もないんだ」と受け止め、お医者さんからも見離された感じになって、どんどん追い込まれていく。これに対して、たとえ自分自身はあまり丸山ワクチンを信じていなくても、

＊19　厚生省の製造承認を受けていない有償治療薬。昭和19年、丸山千里博士（日本医科大学名誉教授）が当初結核に対する治療を目的に研究、創製された薬剤。その後、「人型結核菌抽出物質が、がんの発生や増殖に対し抑制的に作用するのでは」という仮説に基づいて治療が続けられている。副作用がない、延命効果が高いなどの特徴が挙げられる。

患者・家族がそれを頼りにし、それを使うことによって少しでも気持ちを前向きにしようとしているときは、その気持ちを壊さないように対応することは決して悪いことじゃないと思うんですね。

というのは、丸山ワクチンに何か困るような副作用があるわけじゃない。何百万円もかかるわけじゃない。その程度のことが前向きに生きるための一つの糧になるならば、それもとても大事なことじゃないかと思うんです。

私は知り合いに相談を受けると、どちらかというとそれを支持するような態度をとるんですよ。そうすることによって精神的な支えになる、という意味で。

もっと大きな枠組みを

柳田――今の医学は科学的根拠がないものを否定し排除する。それはそれで大事なんですが、かといって科学的根拠のないものを単に嘲笑し排除するだけで済むのか。もうちょっと大きく包むような枠組みが必要なんじゃないかと思いますね。

山崎――丸山ワクチンも民間療法[*20]も、自分の生きることをなんとかして肯

＊20 民間に流布し、医師にかからないで行う経験的な療法。

定しようとする一つの作業だと思うんですね。民間療法をどう位置づけるかということは当然ターミナルケアにはあるわけですが、民間療法にはいろいろなものがあって、いかがわしいものもあるし、医学的に考えて理解できないものもいっぱいあるんですよ。しかしそれは逆にいうと、われわれの学んできた科学ではいまだ理解できないだけなのかもしれません。ですから、自分たちの理解できないものには意味がないというスタンスはとりえない。いずれにしろ、必死に模索しながら生きようとしている患者さんやご家族が辿り着いたものがある民間療法だったとしたら、われわれはそれをどう肯定的に評価できるか、ということになると思うんですね。

柳田——それはこういうことだろうと思うんです。例えば「私はどうしても丸山ワクチンを使いたいけど、柳田さんどう思いますか」と言われたときに、それをいわゆる薬の効果の問題としてだけ考えるのではなくて、どういう生き方をしたいのか、今、病気がどこまで進んでいて、それに対する自己認識がどの程度あり、残された時間の中で何をしたいのか、それをするためにはどんな条件が必要なのか、それを実現するにあたって丸山ワクチンなり民間療法なりがどんな意味をもつのか、——これらのことを全部視野に入れて、その人にとって丸山ワクチンが「たとえ効かなくても、それがあることによって心の支えになる」ようなものとなるのであれば、近代医学では笑われそうだけれども、それにも意味があるんじゃないか、とても大事なことなんじゃないかと思うんですね。

山崎——それは私もそう思います。「先生、どう思いますか」と聞かれたら、「私はちょっとこれに関しては、どう評価していいか、よくわかりません。ただ、たくさんの人が使っていることはたしかです」というふうに答えます。そしてそれを使っている間は、それなりに納得したプロセスがあるわけですね。

柳田——例えばこういう効果があったんです。かなり厳しい末期になって、どうしようかと家族中が非常に悩んで行き詰まったときに、丸山ワクチンを使おうかということになった。たとえ効かなくても、それを使うことが本人の励みになるのであれば、という空気があったものですから、「それいいんじゃないんですか」と言ったんですね。そうしたら、ご家族が一生懸命丸山ワクチンを受け取りに通うわけです。通うことで家族がひた向きに患者と一体になって病気に立ち向かっていこうという空気が出てきたんですね。
一体感が出てくるということ、とても大事だと思うんですね。それがいわば精神作用として生きる意欲につながり、前向きに一日一日を過ごす姿勢につながっていく。それが目に見えるんですね。それはとても意味のあることだったんじゃないかと思います。

山崎――患者さんと家族が一体化できるということは、患者さんを本質的なところで支えます。共通して支えるものが丸山ワクチンであれ他の民間療法であれ、それは非常に意味がありますし、肯定的にそれを評価していくことが大切なんじゃないかと思うんですね。

柳田さんの『「死の医学」への日記』に登場される人たちもそうですし、私が書いてきた本の中の登場人物もそうですけれども、皆さんエピソードはそれぞれ違いますが、そこで一貫しているのは自分の人生を自分の納得いく人生としてきちんとして生きたいんだ、ということですよね。そこには段階があると思うんですが、民間療法を含めて一般的な治療法の意味づけをしっかりもっていて、場合によっては奇跡的な変化が起こるかもしれないという期待や希望をもっている段階。そして、仮に奇跡が起きなかったとしても、自分としてのベストを尽くし、自分なりに納得できる道筋がつけられたんだと思える段階。こうなれば、次の試練に立ったときには、また別のものが見えてくるのではないか。そういうことを、ずっと読んでいくと感じるんです。

素晴らしい言葉の発見

柳田――また、こういう末期の状態の中で、ふだん物を書いたり人前で発表することのない患者さんやご家族の方が素晴らしい言葉を発見するということもあると思います。

町工場のご主人の終末期を在宅で家族ぐるみでケアされた一家がありました。ご主人は、お孫さんを含めた家族の介護を受け、わずかだけど晩酌もできて、毎日「俺は幸せだなあ」と言っておられた。そして、まだ寒いころにご主人を看取った奥様が、「主人は桜の花を見ることはできなかったけど、私たちに心の花を残してくれました」と話すんですね。そういう言葉の発見というのはすごいなと思うんです。感動的なものがあります。

また、あるご家族の場合は、最期の日、奥様が旅立つご主人を自宅の寝床でずっと抱き締めながら、「何も怖いことはないのよ。すぐ後から行くからね」と声をかけ続けたということでした。

そして、河辺貴子さんも最期にご主人を看取られるときに、人生を振り返って楽しかった思い出を三時間あまり話し続けたということで、これには本当に胸を打たれました。

聴覚というのは最後まで生きているとよく言われますが、そういう意味では耳から入る音楽や言葉はとても大事だと思いますね。もともと英国でホスピスが起こったときにも、患者がたとえ昏睡状態のように見えても患者を中心にした会話をいつも続ける、ということが一つのとても大事な心得になっていたんですね。

◆4◆　深まりゆくいのちの言葉

いのちの言葉の発見

柳田——言葉の深い意味ということについては、小説家であった重兼芳子さんの『たとえ病むとも』を読んでまた強烈に感じました。小説家だから自分自身で自分のいのちに関する言葉を発見していくのは当然なんですが、それにしても素晴らしい言葉がちりばめられている。いくつか言葉の例を挙げますと、例えば病名告知は、

私が引き受けなければ誰にも代ってもらうことはできない。[*21]

死の不安を抱いたままでのまるごとの私を、自分で肯定してゆく姿勢。それは宗教的な楽観性というべきか。自分では暗闇のなかを彷徨しているつもりでも、暗闇の彼方に私を招き入れる一条の光を見出すのである。[*22]

といった自己認識。そして、

＊21　重兼芳子『たとえ病むとも』岩波書店、一九九三年、一一～一二頁。

＊22　前掲書、二二頁。

他人にぶつけることのできるような悩みは、ほんとうに深い悩みではない。[*23]

＊23　前掲書、三〇頁。

また、重兼さんは自分が入院手術中にご主人を突然亡くされるのですが、ずいぶん時間が経ってから初めて自宅に戻りご主人の遺影に対面して、そこで泣き伏してしまうんですね。そのとき、悲しみで涙が止まらない自分をそっとしておいてくれた家族のことをこんなふうに書いている。

私が手術室に入って手術を受けている間、家族は何時間も廊下の隅で待っていた。あのときと同じように、私の心の手術が済むのを部屋の外で待っていたのだろう。[*24]

＊24　前掲書、六六頁。

それから、山崎さんにインフォームド・コンセントについての希望を聞かれたときに、

私が知りたい自己とは内面世界における自己であり、形而上学的な意味で興味が深い。自己の範疇のなかに科学的に検索された肉体の状態も含むと

すれば、私は自己に対してあまりにも無知である。[*25]

という表現で、本当に知りたいのは内的精神的な自分のありかだと言っている。

病を背負い死に直面すると、否応なしに自分というものをどう認識し、自分のいのちをどう捉えるかという問題が突きつけられるわけですが、重兼さんはそういう中で、すごい言葉を次々に発見し表現しています。それは、重兼さんがいのちの精神性をこそ大事にして生きていることを確認する作業であり、また死後の世界まで含めて自分の魂を見つめ深めていく作業だったんだろうと思うんですね。そういう意味で私はこの最後の手記はとても深い本だなあと思いました。

山崎——私は重兼さんとのお付き合いは長くて、ホスピスのボランティアとして、飲み友達として、また時には同じシンポジストとしてご一緒したこともあります。

先ほど柳田さんが引かれたインフォームド・コンセントの場面では、私は医者として、「今後の医療情報についてどんなことでも確認していった

*25 前掲書、八二頁。

ほうがいいでしょうかね」といった話をしたわけですが、重兼さんにあんなふうに書かれてしまうと、なんか馬鹿みたいだな、と(笑)。

言葉の二重構造

柳田——言葉って二重構造をもっていると思うんです。日常会話や通常の話し言葉というものは、ありふれた平凡な言葉しか使わないわけですが、それが本当にそのレベルで終わっている人もいるし、あるいは実はもっと深いところでいろいろなことを考えている人もいるわけですね。それを後からエッセイや闘病記、回想記などに書くと、深いほうの言語が出てくる。だから深いほうの言語が出てきたときに、実際にその場面を知っていてそこで顔を見てしゃべっていた人がそれを読み直すとギョッとするわけです(笑)。「なんだ、そんなに深く考えていたのか。こちらは恥ずかしいな」みたいなね。でもそれは別に恥ずかしいとかいうことではなくて、言葉にはいろいろな深度がある。その場では当人も表層しか見えていなくて、本当の深層は、後でじっくり時間をかけて一人で自分と向かい合わないと出てこないんだろうと思うんです。

山崎——たぶんその場面では、「もう体のことは先生に任せるわよ」と言われて、「じゃあ、そうしてください」といったやりとりになっていたわけですね。でも書くときは、思索しながら書いていきますから、柳田さんのおっしゃる言葉の二重構造のうちの、どうしても深い部分の言葉になってくるんですね。

そこでわれわれ医療者はハッと気づくわけです。われわれはふだんある現象を見て、それについて患者さんとやりとりをするわけですが、その現象が意味するものというのは一体何なのか、ということですね。例えば、患者さんは「この痛みをなんとかしてほしい」と訴え、われわれはその方を診察して、「この痛みはこういうところから来ている。治療法にはこういうのがあります」と答える。これは医療者と患者さんの間のごく標準的なやりとりだと思いますが、患者さんの言葉の奥底には、この痛みを感じている自分の存在とは何なのだろう、この痛みがとれたときの自分の存在とは何なのだろうか、という問いが、言葉の二重構造のもう一方の意味としてあるんだ、ということに気づかされるわけです。

逆に言うと、これでまた私自身も学ぶことができます。つまり、医者として患者さんに痛みをとる話をするときでも、私が痛みをとるという役割を果たすのは、ただ痛みをとるためだけではなくて、患者さん自身が感じているかもしれない深いいのちの部分に、痛みをとるという作業をとおしてかかわることができたら嬉しいなという思いを込めて話ができる、ということになっていくわけですね。

柳田——重兼さんはこんなふうに書いています。

いのちは神に委ね、身体は山崎医師に委ね、生きることは自分が主体[*26]

これはシンボリックに分けて書いているんで、何もかもいのちは神に委ね、身体は山崎医師に委ねているわけではないと思います。私自身について言えば、重兼さんと同じような状態になったら、内面的なことと向かい合うだけじゃなくて身体的な状況についても知りたいほうですから、インフォームド・コンセントを求め、病状・病態の変化やデータの意味づけなどについてもお医者さんとかなりディスカッションするだろうと思うんですね。そこは重兼さんと私は違うと思いますが、重兼さんの生き方の選択

＊26　前掲書、八四頁。

というのは今の言葉に表現されていると思うのです。しかし、こういう生き方とか考え方というのは、日常の医者・患者関係の中ではいちいち厳かに表現したりはしないと思いますね。

山崎——私はまず重兼さんの「いのちは神に、身体は山崎に、生きるのは私」という言葉を素直に受けとめたいと思います。けれども、実は重兼さんはメッセージとして言いたいことがあったんじゃないか。「患者さんたちは皆、身体的な苦痛をとおしてもっと奥底の叫びみたいなものをもっているんだよ。あんた、それに気づかなかったら駄目じゃないの」と言われているような気がするんです。

それはわれわれホスピスやターミナルケアに携わる医療者だけではなくて、もっと一般の医療者にも向けられたメッセージで、「患者さんたちの肉体的な訴えは一つのシンボリックな言葉であって、それは医療者に伝わるように肉体的な具体的な表現をとっているけれども、そこから（言葉の二重構造における）もう一方の深い意味をつかみ取るだけのセンスをちゃんと養いなさいよ」ということですよね。

柳田——そうですね。そういう意味では、重兼さんが「ホスピス絵日記」

のようなものを書いたら、また違う味のものができたかもしれないですね。

山崎――重兼さんの場合は、文章ではなくて、ふだんの生活そのものが「ホスピス絵日記」みたいなものでしたね。お嬢さんの末松（旧姓重兼）裕子さんが巻末の「母 重兼芳子のこと」で書いていますが、再発した肝臓癌が大きくなった重兼さんは、いつも私に「なんとかしてよ！」と言うんです。なんとかしたくても、私が医者として「難しい」と言うと、いつも彼女は、

「ちぇっ、つまんないの。ケチ。ぐれてやるから」[*27]

と、そういう言い方をして（笑）、私が困っているのを見て喜んでいるようなところがありました。

その反面、これはご主人を亡くしてしばらくしてからだったんですが、夜中に突然電話がかかってきて、酩酊しながら電話の向こうで淋しいと言って泣いていることが時々ありました。側にいれば抱きしめてあげたいという思いにかられたこともありますが、そのときの私は結局ただ話を聞く

＊27 前掲書、一八六頁。

ことぐらいしかできなかったなあという思いはありますね。

愛という言葉、そして愛

柳田――重兼さんはクリスチャンだから神の信仰をもっているわけですが、それでも死後の世界とか、自分が死んで向こう側に行ったらどうなるのかについては、別に確固たる信念をもっていたわけでもなさそうですね。そこにはやっぱり迷いがある。これは誰しも同じでしょうが、病状が進んでいよいよ死が近くなると、「死んだらどうなるのか」、「あの世はあるのか」という大きな問いを自分あるいは医療者に向けるようになると思うんです。

世の多くの人は山崎さんをクリスチャンと誤解している節もありますが、ご自身は『僕のホスピス１２００日』でも他の本でも「私は特定の宗教をもっているわけではない」と言っておられますね。それでは、どうしたらそういう宗教的な内面の成熟を手にすることができるかというと、やはり自分が本当に死に直面しないとわからない、ということが一つある。

しかし、死ぬ立場でなく看取る立場であっても、また医療者であっても、多くの経験を積むことによってだんだん醸成されていくようなところがあるんじゃないでしょうか。

山崎——自分の気持ちの中で変わってきているものがあることは感じているんです。それは、私が『病院で死ぬということ』[*28]を書いたころはあまり使っていなかったんですが、「愛」という言葉なんです。

末期状態で苦しんでいる患者さんがいたら、まず苦痛をとることが先決ですが、その苦痛がとれた後に患者さんが初めて自分の実像に直面すると、そこからいろんな苦悩が出てくるんですね。セルフケアができるうちはいいのですが、それができなくなると、自分が自分であり、尊厳ある人間であるということが感じられなくなることがあります。

例えば衰弱し、食事も排泄も思うようにできなくなると、自信をなくしてしまって、「こんなんじゃとても生きていけない」と存在を揺さぶられてしまうわけです。そういうとき、その人に対して周囲の人間は一体何ができるのか。この現実に家族も医療者も直面するわけです。

苦悩している人たちには自分の話を聞いてほしいという思いがありますから、時には医者と患者という関係を超えて、その方たちの話に耳を傾け

＊28　山崎章郎『病院で死ぬということ』主婦の友社、一九九〇年。

ていくことで、少しずつ苦悩が癒されていくという一面はあります。それはチームで取り組んでいけば必ずある程度は達成できると思いますし、今までもずっとそう思ってやってきました。

しかし最終的に辿り着いたことは、その患者さんがどんな状態であったとしても、家族は、そしてわれわれ医療者は、患者さんのことを愛しているんだ、ということでした。自分が愛されていること、つまり、どんな状況にあっても自分がまったく無条件に、ていねいに、大事に受け入れられていることが感じられたときに、おそらく自分の惨めさをも受け入れることができ、自分の存在そのものの意味を再発見できるのではないかと思ったんですね。

文章を書いたり自伝をまとめることが意味の再発見への行程だとすると、最終的に自分では何もできなくなってしまい、ただ意識があって自分の存在を感じられるだけになったときに、その人が意味を再発見できるとすれば、そういう愛されている実感においてではないでしょうか。

それで最近はキザに「ホスピスケアは愛だ」とか言っているんです。昔だったら「愛」だなんて言葉は恥ずかしくてなかなか言えなかったんですが、自分の中に自然な蓄積があって、それを表現するとしたら、たぶんそういう言葉にならざるをえないと思えてきたんですよ。

柳田——こういうエピソードがあるんです。七十歳代半ばというかなり老齢の域に入ってから癌で病み衰え、本当に辛い立場にあって死を間近にした男性が、比較的歳の差があってまだ若々しかった奥様に、「こんな惨めになった俺のことでも愛してくれるかい」と聞いたら、奥様から「もちろん心から愛している」と言われ、それで本当に支えられたという。これはさり気ないエピソードですが、「こんな惨めになった俺のことでも」というのは自己否定的な認識ですね。

こうした自己否定に陥っていくのを支えるものは、やはり変わらぬ愛なんでしょう。その愛の対象は何かというと、ただ今目の前にいる病み衰えた老体やその状態ではなくて、そこに辿り着くまでの人生全部——今まで生きてきた足跡、夫婦で築いてきたもの、そういうもの全体を背景にもったものとしての体であり患者なんですね。それに対して奥様は変わらぬ愛をもって支えケアをしている。

山崎——自己否定したくなる場面というのはいっぱいあると思うんです

が、患者さんやご家族たちが共通して辿り着くところもそこなんじゃないでしょうか。

そうすると、じゃあその次に何があるかということになってくるんですが、実は、その境地に達すると、次の世界があってもなくてもあまり関係ないのではないかとも思います。あるいは、それがたぶん次の世界につながる道筋なのかもしれないと、そんなふうに今は思っています。

◆5◆　死を超えて

「次の世界」を語り出す言葉

柳田——山崎さんは『僕のホスピス1200日』で、ある仏教研究者の最期についてのエピソードをお書きになっていますね。たくさんの仏典や仏教研究書を読んでこられたこの方が、

「死が差し迫ってきた今、仏典の内容が実によく理解できるようになった」

と言い、「『生』と『死』が対立するものでなく、同じようなものであるということが分かるようになった」[*29]

とおっしゃっているんですね。生と死には境がなく、悠久の宇宙的な時間の流れの中では同じものであるという、まさに色即是空の世界に到達しているわけですが、これが死に直面した人が辿り着く究極の境地なのかなあと思うんですね。

この方の場合は仏教研究者であり、仏典に通じているということもあっ

＊29　山崎章郎『僕のホスピス1200日—自分らしく生きるということ』海竜社、一九九五年、七一頁。

て、一つの認識の形として色即是空的なところに辿り着いたのだろうと思います。しかし、ふつうの人でも、たとえそういう言語化がなされず、漠然とした認識であるとしても、やはり同じようなところに辿り着くのかなという気がしますね。

山崎——亡くなる日が近づいてきて、特に苦痛もないような場合、ご本人たちはどう感じられているかわからないのですが、なにか自然な流れに入っていくような感じになるんですね。その方たちはまぎれもなく存在してはいるんだけれども、周囲の空気に溶け込んでいくような、なにか透明になっていくような、だんだんと存在がすうっと消えていくような印象を受けることが時々あるんです。

重兼さんも、自分が求めているのは身体の意味ではなくて形而上学的な存在の意味だと書かれていましたよね。身体としての存在に、こだわりを感じていないのであれば、突き詰めていくとその愛は当然形而上学的な存在に向かっていくわけですから、体がどんな状態になったとしても変わりがない、ということになるのかなと思うんですね。もちろん、われわれがそれに気づいたとしても、実際にそれを作り上げ、そこに辿り着くのはご本人と、ご家族との関係なのですから、われわれにできることは、そういうことが少しでも可能になるような環境や身体的な状況を作っていくことなのかなと思います。

柳田——こういうふうに死と死後の世界について考えると、亡くなるということは自分なりの物語を作る作業なのかもしれないと思うんですね。自分のいのちや魂が一体どうなるのか、それを今生きている今の自分が、将来にまでにつながる物語として作ることによって納得することなのではないか。

山崎さんのお書きになったもう一つのエピソードで、

「…もし風のない日にろうそくの炎が揺れたら私だと思ってください。[*30]」

と言い残して亡くなった方がいる。その後、ろうそくを見ていても、いっこうに炎が揺れない。やはりメッセージは来ないのかと思いながら、さらに考えてみると、

*30　前掲書、三二頁。

ろうそくが揺れようが揺れまいが僕も彼の妻もろうそくを見るたびに彼の存在を感じているのだ。[*31]

　ということに気づく場面がありますね。山崎先生のこの気づきに、私はすごく感動しました。そういうふうに、旅立った人の心あるいは魂はいつまでも人の心の中に生き残るということ、それが残された者にとってだけではなく死にゆく人にとっても、自分の人生に対する一つの納得、あるいは死後の恐れの解消になるのかなと思うんです。

山崎——そうですね。われわれは皆確実に死んでいくわけです。そして、たとえ惨めな状態であっても、患者さんたちがそこを乗り越えられるのは、先ほど言ったように愛し愛されているという関係性があるからではないかと思います。ホスピスの医者として、亡くなっていく多くの患者さんたちとお付き合いしてきてそう思ってきたんですね。

　それと同時に、次の世界ですよね。次の世界がどこにあるか。それぞれの人の心の中に魂の住む場所があるのか。天国というところがあるのか…。肉体が消滅しても魂は消え去らず確実にどこかにあるんだという確信をも

＊31　前掲書、三二頁。

つことができ、その確信をもとに患者さんやご家族とやりとりができたら、たまたまこの世での存在は終わりになるけれども、死はすべての絶望的な終わりではなく、やはり次の世界に引き継がれるものだと言うことができる。これは亡くなっていく人にとっても、残された人にとっても非常に大きな意味がありますよね。

『死の瞬間』[*32]を書いたキューブラー=ロス[*33]が、臨死体験をしたり、亡くなった人を見たりするようになりますよね。そのために、神秘がかったなどと言われ、離れていった人たちもいますけれども、私はこういう仕事にかかわり、亡くなっていく人たちに付き合えば付き合うほど、そういう思いが深まってくるんじゃないかと思うんです。彼女の場合は、そういう思いが確信に変わっていったんじゃないか。それはやはり「次の世界」というものが、亡くなっていく人も残された人たちも救いうる現実なんだという思いに至ったからなのではないかと思えてしようがない。私自身のプロセスの中でも、どうしてもそういうふうになっていくんですね。科学的にありえないことだとは言えなくなってくる。

＊32　エリザベス・キューブラー=ロス『死ぬ瞬間—死にゆく人々との対話』読売新聞社、一九八〇年。

＊33　Elisabeth Kubler-Ross（エリザベス・キューブラー=ロス）。一九二六年〜二〇〇四年。終末期医療の専門家。二百人ほどの臨死患者に対するインタビューを通じて、死を受容する心理過程を五段階にまとめた。

過渡期としての死?

柳田——それは緩和ケアが必要かどうかという、もっと根源的な問題提起になっていくんだろうと思うんですね。科学というのは実証と再現が可能な現象を対象とし、その実証性を前提に論理で世界を組み立てていこうとする。しかし人間の本質的なものは、そういう科学の方法で捉えられるものだけが世の中の出来事のすべてなのかという、もっと根源的な問題を考える必要があると思うんです。そして、まさに人間の精神世界とか魂の世界というのは現代の科学の方法論では捉えきれないものですが、捉えられようが捉えられまいが、現実に生きている人と死んでいく人にとって、死後の問題は最も重要なテーマであるかぎり、それを排除することはできない。科学の証明がないからといって排除することは、人間の最も重大な課題に真っ正面から取り組むことを避けることでしかないんじゃないか、というのが私の考えなんですね。

もう一つ、われわれは西洋合理主義的なライフサイクル論[*34]に毒されているんじゃないかという気がするんですよ。それはどういうことかというと、西洋のライフサイクル論というのは、人間が生まれると、乳幼児期から少

＊34　ライフサイクル論。人間が生まれてから死ぬまでの一生を成長の段階に分けてとらえる人生論。

年少女期、思春期を経て、青年期に入るという成長の段階を経るが、青・壮年期を頂点として人生を考えるわけです。ヨーロッパのナイトに象徴されるような、刀を振りかざし馬に乗りそして敵をやっつける最も颯爽たる青・壮年期をピークにして、後は衰えて退役し世を去っていくという、年寄りが価値のない人間として見られてしまうようなライフサイクル論で考えているかぎり、死と死にゆくことについての重要性は見えてこない。そういうライフサイクル論は、人間を経済的な働きや肉体的な壮健さをベースにして、意味づけをしているのです。

これからのライフサイクル論というのは、いのちの精神性、精神的な活動を中心に捉え、さらに死後の問題まで含めて考える必要があるんじゃないかと、私は思うのです。死後のことはある特定の宗教的世界観に従うという意味ではなく、例えば死んだ人もわれわれの心の中で生き続けるという形で、われわれの認識の範囲内に限って死後の問題を捉えるだけでも十分に成り立つ話だと思うんですね。そうすると、ライフサイクルは死で終わるわけではない、死は過渡期にすぎず、これから精神性において本当の意味でいのちが永続していくのだ、というふうに考えられてくる。そして、その精神性におけるいのちの認識というのは、残された人がきちっと把握し継承していくものである、ということになる。遺された人は死せる人の精神的な遺産を受け継いで、より豊かな膨みをもたらすこともできる。

このように考えたとき、ターミナルケアの課題と重要性というのは、死にゆく人がそういう新しい精神的ないのちを生きていくために、どのようにしたら最もいい形でその過渡期を過ごしてもらえるのか、どのようにしたら最もいい形で残された人に受け継いでもらえるのか、を考えていくことにあると思うんですね。死にゆく人の最終章を壊すような医療だとしたら、それは豊かに継承されるべきいのちを殺してしまうに等しい。

山崎――人間にとって死が避けられないものだとすれば、死に直面したときに感じる不安や恐怖、残された人が引きずっていく悲しみや喪失感、そういうものに対しては、例えば宗教が一つの道筋だとは思いますが、必ずしも皆が信仰者ではないとすると、今おっしゃったように、そこを科学的・論理的でないからという理由で避けてしまうとしたら一番大事な問題に取り組んでいないということになりますよね。

例えば魂の存在とかいうと、私は今でもあやふやで、もちろん確信はもてない。ですが、ただ確実にそういうふうな思いが自分の中で固まってきつつあるわけです。それは「そうであったらいいなあ」という願望だけではなくて、やっぱりそれだけいろんな人のなくなる場面に出会っていって自分の中で蓄積されてきた実感として、確信になってくるんじゃないのかなと思いつつありますね。

そしてそれがもし確信でなくても、そのことによって対話ができていくとすれば、やっぱり自分自身が不安とか未知のものであると思っている世界に旅立つ人たちに対して、ここまではなんとかなりますが、後の世界はあちらの人にお任せくださいということではなくて、ちゃんと引き継いでいけるんじゃないかなという気もしてしまうんですよ。

こんなことを言っていると、あいつもだんだん変になってきた（笑）と言われそうな気がするんですが、そう思われても別にかまわないかな、そこはすごく大事なところだなと思い始めています。

柳田——こういうことを話しますと、一般病院の医師たちはまず九〇％拒否感を示すと思うんですね。そういうところまでかかわるのは宗教家の仕事だという分業意識がある。しかしこれは分業の問題ではなくて、まさに山崎さんのいう「愛の世界」「愛の問題」なんです。医療者がどう患者さんにかかわるかというのは、別に医療者が特定の宗教とか哲学をもたなきゃいけないという問題ではなくて、人間対人間のかかわりの問題だと思うんですね。

自分が死にゆくときに、自分にとって死とは何か、死んだらどうなるのか、というのは大変な問題なはずです。その身になって考えて患者の前に立つことを心がけるだけで、ずいぶん違ってくるんじゃないでしょうか。それを積み上げていくことによって、自然にこちらの内面が耕かされ、何か膨らんでくるものがあるはずなんですね。

さきほど山崎さんが、たくさんの死にゆく人とかかわったことによってずいぶん自分が変わってきたとおっしゃったことは、一般臨床医でも同じ向き合い方ができる話だと思うんです。心の姿勢の問題じゃないかと思いますね。ところが今の医学教育なり医学のあり方というのはあまりにも科学技術優先で、技術者として限定する方向ばかりに教育が偏っていると思うんですね。

いのちの継続性

柳田――ホスピスや在宅ケアのいいところは、子どもでもケアにかかわれるということですね。一般病院はなるべく子どもをかかわらせない。まして赤ん坊なんか出てこない。ところが英国でも米国でも、素晴らしいホスピスというのは、ペットを連れてきてもいいし、子どもを連れてきてもいい。子どもはベッドに潜り込んで、患者と一緒に遊んでもいい。お年寄りが亡くなるときに孫が来るというのは非常に意味深いんですね。それはいのちの継続性というんでしょうか。重兼さんも、子どもたちがご主人のお葬式もやり、家の遺産の処理をやってくれているのを見て、「代替りして大丈夫だという感触が得られた」と書いている。「代替り」というのは結局、自分の肉体が滅びても、自分の血を分かった子どもたちに自分の精神的ないのちがバトンタッチされていくことであり、それが自分が死を受け入れあの世にいくことに対する安心感になる、ということだと思います。同じように、ホスピスで子どもが来て遊ぶ、特に孫が来て遊ぶというのは、孫を見ているだけでいのちの継続性というのが心に伝わってくるということで意味深い。これが息子や娘だったりすると、親子というのは何かと衝突したり好き嫌いがあったりするので難しいのですが、孫というのは無条件に受け入れられる可愛らしさや愛しさがあって、そこに「ああ、自分の血があそこにつながっていくんだ」という形で、心に花が咲くような受け入れ方ができるんですね。

山崎——実際、ホスピスにお孫さんたちがお見舞いに来ると、破顔の笑顔がすごい。お孫さんの存在は無条件に受け止められるんですね。そこではたしかに、世代が替わり引き継がれていくという、いのちの継続性ということが実感されているのかもしれません。

よく小さな子どもさんたちがホスピスのラウンジや庭を走り回ったりしていて、子どもたちの嬌声が聞こえてくるんですが、決して違和感がないんですね。そういう声が聞こえてきても、うるさいという患者さんはいないですし、それはむしろ、人が生きるとはこういうことなんだと感じさせてくれるところがあります。

新しいホスピスができる前は病院の外科病棟でホスピスケアをしていたんですが、同じフロアに産婦人科があったんです。同じフロアの片方では末期の患者さんたちが亡くなってゆき、もう片方では赤ちゃんが生まれてくる。赤ちゃんが生まれると、患者さんたち、特に現実の世界でもお孫さんのいるおばあちゃんは、それを見てすごく喜んで帰ってくるんですよ。産婦人科の人たちは迷惑そうな顔をしていましたが（笑）、生まれたばかりの赤ちゃん、一週間ぐらいの赤ちゃんを見るのは無条件の喜びみたいでした。それは感動でしたね。まさにいのちのつながりを実感していたのだと思います。

「いのちの言葉に耳を傾け」追記

山崎章郎

柳田さんとのこの対談は、5年前に行ったものである。この対談に通底しているものは、両者とも、人間存在の意味づけ、特に自力だけではどうにも状況を変え難い時の人間存在の意味とその意味づけをさまざまな角度から語っていることである。

二人とも近時、しばしば語られる「スピリチュアルペイン」やその「ケア」やあるいは「スピリチュアリティ」という表現は一言も発していない。しかしわれわれは、まさにそれらを語っていたのであった。同時にそれらの言葉を用いずとも、それらを語ることが可能だったことも示している。

だが、スピリチュアルペインやスピリチュアリティに関しては、改めてここで、それらの意味することをまとめておこうと思う。そして、そのうえで再度われわれの対談に眼をとおしていただければ、対談中に語られたさまざまな登場人物のエピソードが、改めて鮮やかな色彩を帯びてくるかもしれない。あるいはスピリチュアルという言葉を聞いただけで、アレルギー反応を起こしそうな方にとって、その言葉から感じていた、よく分からない、なにか特殊なものといった呪縛からも解放されるかもしれない。

ところで、ホスピス・緩和ケアの領域では、しばしば全人的ケアという表現が使われる。要するに人間は全人的存在であり、死に直面するような危機には全人的苦痛を経験するので、適切なケアが必要であり、そのケアを全人的ケアと表現しているのである。

それでは全人的存在とは一体いかなる状態なのであろうか。全人的とは人間存在を構成する4つの要素をまとめた表現のことである。そして、その4要素とは身体的存在、社会的存在、精神・心理的存在、そしてスピリチュアルな存在といわれている。身体、社会、精神・心理的存在としての人間、これは誰にとっても了解可能なことであろう。

ではスピリチュアルな存在すなわちスピリチュアリティとは何なのだろう。窪寺俊之は『スピリチュアルケア入門』（三輪書店）の中で、「スピリチュアリティとは、人生の危機に直面して生きる拠り所が揺れ動き、あるいは見失われてしまったとき、その危機状況で生きる力や、希望を見つけ出そうとして、自分の外の大きなものに新たな拠り所を求める機能のことであり、また、危機の中で失われた生きる意味や目的を自己の内面に新たに見つけ出そうとする機能のことである」と述べている。

つまりスピリチュアリティとは人間存在を構成する重要な要素であるが、人生の危機に直面したときに機能するものであるということ、同時にそのとき、その人はその危機状況の中で生きる意味を見失い、それをペインすなわちスピリチュアルペインとしても感じているということ、逆の言い方をすれば、心痛め苦悩する出来事ではあるが、人生の危機とまでは言えないような日常的な諸問題はスピリチュアルペインまでは至らず、したがって、スピリチュアリティは機能しないということ、しかし、スピリチュアルペインを感じざるを得ない状況は一見絶望的であるが、スピリチュアリティが機能し始めるので、適切な支援があれば、自ずと、新たに生きる意味や目的を、自己の内面や、自分の外の大きなものに見いだすことが可能であること、などが見えてくる。

人生の危機は人間存在を構成する、身体、社会、精神・心理のどれかが危機に瀕しても、人生の危機となり、スピリチュアルペインを感じるわけであるが、死に直面するということはまさに、身体、社会、精神・心理という人間存在の3要素が重なり合いながら、危機に瀕するのであるから、「もうこれ以上生きる意味が見いだせないので、早く終わりにしたい」などと訴え、スピリチュアルペインは典型的な様相を示すことになる。しかし、ここでも、上述したように、このような状況の中ではスピリチュアリティが機能し始めるので、時宜にあった適切なケアがあれば、新たなる意味や目的の発見の中で、そのスピリチュアルペインを感じている危機状況を脱出することが可能なのである。

本対談の中で示されたいくつものエピソードの中で、主人公となっている人々はさまざまな人々とのかかわりの中でスピリチュアリティが機能し、人生の危機を自分なりに、乗り越え、あるいはうまく折り合って、自分なりの人生を生き、閉じていったのである。本対談をそのような視点で読み返していただければ、スピリチュアルペインやそのケア、あるいはスピリチュアリティの意味が明確になってくると思われる。

第二章　老、病、死を歌うとき

――いのちの連鎖

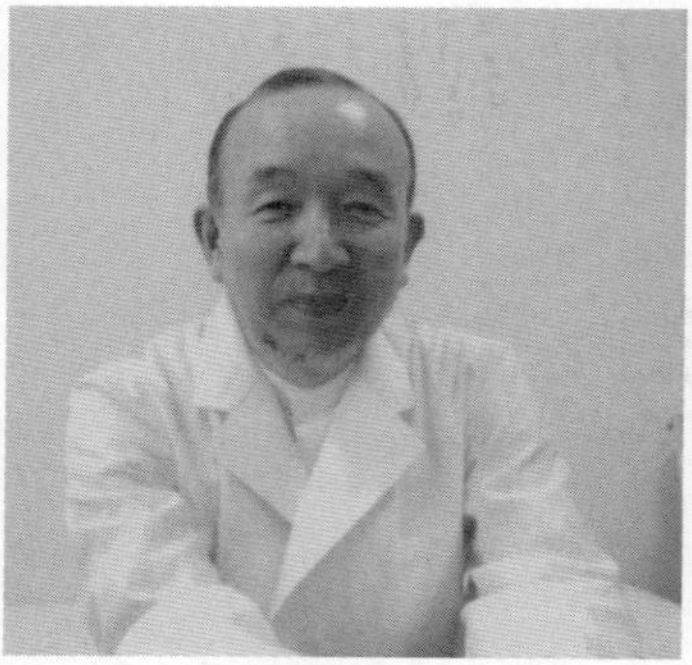

徳永　進（とくなが・すすむ）

1948年、鳥取県に生まれる。京都大学医学部を卒業。京都、大阪の病院・診療所を経て、鳥取赤十字病院の内科医に。

2001年12月、鳥取市内にてホスピスケアのある19床の有床診療所「野の花診療所」を始める。

1982年『死の中の笑み』（ゆみる出版）で、第4回講談社ノンフィクション賞を受賞。1992年、第1回若月賞（独自の信念で地域医療をしている人に贈られる）を受賞。

著書には『人あかり』『隔離』（ゆみる出版）、『医療の現場で考えたこと』『老いるもよし』（岩波書店）、『野の花診療所の一日』（共同通信社）、『野の道往診』（NHK出版）などがある。

道浦母都子（みちうら・もとこ）

1947年、和歌山県生まれ。

1971年、早稲田大学在学中「未来」入会、近藤芳美に師事。

1980年、歌集『無援の抒情』で、第25回現代歌人協会賞受賞。

他に歌集『水憂』『ゆうすげ』（雁書館）、『風の婚』『夕駅』『道浦母都子全歌集』（河出書房新社）、『青みぞれ』（短歌研究社）、『花眼の記』（本阿弥書店）、散文集『聲のさざなみ』（文化出版局）、『女歌の百年』（岩波書店新社）、『百年の恋』（小学館）などがある。

◆1◆ 母の死をめぐって

告知のことども

道浦——徳永先生の『医療の現場で考えたこと』[*1]の中では癌の告知のことがとても大きなテーマになっていて、言うべきか言わざるべきかについて、さまざまなことが書かれていました。

私の母も癌で亡くなったのですが、亡くなる二年ほど前に、担当医の先生から初めてそのことを聞かされ、姉と私が考えた末に選んだ方針は、本人には一切知らせない、手術など無理な治療はしない、できるだけ最期まで家で過ごさせたい、ということで、お医者様にもそうお願いしました。母を看取るまでの二年間の歌を、母の死後、まとめて出したのが、『青みぞれ』[*2]という歌集です。

徳永——どうしてお母さんには知らせないと決めたんでしょうか。言うこともできたと思うんですが、言ったらかわいそう、ということですか。

道浦——母は本質的には気の小さい女性だったから、死の恐怖には耐えられないだろうと思ったんです。私自身、子どものころ、死ぬのがとても恐

＊1　徳永進『医療の現場で考えたこと』岩波書店、一九九五年。

＊2　道浦母都子『青みぞれ』短歌研究社、一九九九年。

くて眠れなくなって悩んだ時期がありました。それはある年齢がきて克服できたのですが、母は病気でないときも私に向かって、「このまま眠っていて、目が開かなくなるのが死なのかしら…、死ぬって恐い」と、よく言っていました。

私はそんな母と、長年一緒に生きてきましたから、自分が恐いことは、母も恐いだろうから味あわせたくない、自分が納得できたように、母にも死というものを、きちんと納得させるのが一番いいだろうと思ったわけです。

徳永——告知についてのそういう考え方というのは、現代ではあまり流行らないというか、時代遅れと言われたりするようなんですが、道浦さんはあえて古風なほうを選んだ。

道浦——古風とか、そういう意識は全然ありませんでした。自分が死ぬんじゃないかって考えるのはとてもエネルギーがいることでしょう。死の恐怖と戦うなんてことに余計なエネルギーを使わないで、生きられる最後の日まで存分に、十分に、生きてほしい。そういう単純な発想なんです。

母は八十歳のときに、肝臓癌かもしれないということで検査が必要になりましたが、その検査は、肉体的にかなり苦痛を伴うものであるとのことでした。しかも、もし癌だとわかって、手術しても延命できるのは三年か三年半、このまま何もしなくても二年の命だと言われたんです。二年の命が五年も十年も延びるんだったら手術を、とも思ったんですが、長くても三年半とお聞きしたので、それなら痛い思いや辛い思いをさせたくないということで、先生に告知をしないようお願いをしたわけです。

徳永――告知されない場合でも、最後は自分は癌であろうとわかることが多いようですが、お母さんは最後まで気づかれなかった…。

道浦――母の方からは一度も言ったことなかったですね。

徳永――ああそうですか。すごいねえ。みんな大体気がつきますよ。

道浦――亡くなる日の少し前でさえ、「慌てて来たから、こんなみっともない靴を履いてきちゃった。帰るときみっともないから、もっといい靴を持ってきて」と言っていたんです。だから気がついていて知らない振りをしてくれていたのかどうか…。いずれにしても、一回も聞かれたことはないですね。

徳永――亡くなるときには、自分は死ぬんだな、ということを感じておられる様子はありましたか。

道浦――私は死にぎわに間に合わなかったんですが、姉の話では、最期のとき、「眠たい、眠たい、眠たいわあ」と言って、そのままだったということです。

徳永――そうすると、最初の予定どおりの脚本で母を包んでいったということでしょうか。

道浦――いいえ、現実にはそんなに理想的にはいかず、うんとわがままも言い合いましたし、喧嘩もしました。

徳永――旅にも行ったんでしたっけ。

道浦――旅にも行きました。母は鹿児島生まれなんですが、それもあってか、「沖縄にもう一度行きたい」と言ったので、姉と母と私、女三人で旅をしましょうということになりました。

徳永――そのときお母さんは癌だったんですか。癌だとわかる前ですか。

道浦――もう、私たちはわかっていましたから、本人もわかっていたかもしれません。「沖縄は天国に一番近い島みたいな気がする」と言っていましたから。

「天国に近き島なり沖縄」と死出のごとくに眠りぬ母は[*3]

徳永――旅は娘として母にしてあげた最後の…。

道浦――ええ、そうです。最後の思い出づくりのためですね。

徳永――振り返られて後悔はないという感じですか。

道浦――はい、私たちは。

徳永――やはり知らせるべきだったとか、そういうことはないんですね。

道浦――ないですね。これでよかったと思っております。ただ、だからハッピーエンドだったかというと、そうではなくて、実は父が知らなかったということで、あとが大変だったんです。父は母に一番身近な存在だから、父に言えば、絶対、母に伝わってしまうし、気配で知られてしまうと思ったので、父には最後まで言っていませんでした。

母が亡くなってから、初めて私たちが白状しましたら、父はびっくりしてうろたえ、その日から一週間ぐらい垂れ流しみたいな状態になってしまったんです。だから、言わないで通したことは、私たち姉妹はそれでよか

＊3 『青みぞれ』一六八頁。

ったと思っているのですが、父にとっては許せないことだったみたいで、その点ではハッピーエンドではありませんでした。

徳永――そうですね。そういう臨床とか現実がもっている、きれいごとでは済まないこと、解決されないもの、沈殿しているもの、それはやはり医療の場でもずっと残り続けると思いますね。

傷のごと開《あ》く

徳永――病気が悪くなって入院されてから、日々のお世話、たとえば排泄とか食事とかを振り返られて、あれは大変だったわね、ということはありますか。

道浦――最初個室を希望したのですが、先生が「個室だと寂しいし、病状が悪いんだとご本人がおわかりになることがあるから」ということで、六人部屋を勧めてくださいました。

それはよかったのですが、入院時はすでに黄疸が出ていたので、おしっこはカテーテルで出せても、大便のとき、トイレに行けないんですね。母はすごく気位が高い人でしたから、看護婦さんでもだめなんです。姉か私が行ったときに、やっとトイレまで一緒にいくか、カーテンを閉めて用を足すという状態で、それが本人には一番の苦痛だったみたいです。ほかの方もそうなんだから、「ふつうのことなんだから、お食事の時間を外したら恥ずかしがらないでしてもいいのよ」って、何度も話しましたが、私たちが行くまで我慢しているんですね。

徳永——そうですよね。入院して一番私たちが、というか看護婦さんたちが力になれるのは日常の排泄や食事、お風呂に入るとか、そんなことなのでね。道浦さんの歌のなかに、

三分粥匙に運びてやるたびに母のくちもと傷のごと開《あ》く*4

というのがあるでしょう。

道浦——それは自分では気に入っている歌なんです。

徳永——私は誉めてないんですよ（笑）。口や口の中というのは私たち医療者にとって勝負どころなんですよ。それを「傷のごと」と言った人は初めてだったのですが、それはどういうことだったんですか。

*4 『青みぞれ』一七九頁。

道浦――「傷のごと」という表現は、母親に対して非常に冷たい歌だと言われたこともあるのですが、こういうふうに歌った人は初めてだという意味で誉めてもらったこともあります。

母は入院してもごくふつうで、「もっときれいなガウンを持ってきて」とか、「ショールを持ってきて」とか、最後までわがまま放題言っていたんですが、食事についてもそうでした。自分で食べられるのに食べないんです。あるとき、私が訪ねた折、同室の寝たきりの方が娘さんに食べさせてもらっているのをすごく羨ましそうな顔をして見ているから、私が「お母さん、食べさせてあげましょうか」って聞いたら、「うん」と言ってそうしたがった。「甘えているなあ」というか、子どもに還ったというか…。

そのとき、母の口元が傷のようにパーッと開くのを見て、その口がいつか開かなくなるんだというイメージが湧きました。口を開くと、体の中が見えるじゃありませんか。母はふっくらして大柄でしたから、外から見ていると健康そうに見えるけれど、その口の向こう側に癌細胞があるんだというイメージ。傷口、母のこの唇が傷口のように開く…、そう思ったとき、そんな歌ができたんです。

徳永――私のイメージとはちょっと違ってたな。私たちは「口腔ケア」といって、別の意味で口をすごく大事にするんですよ。ふだん人間が喋ったり、飲んだり、食べたり、噛んだりしているときは、口って意外ときれいなんですよ。でも病んで体が動かせなくなると、どうしても口にものが入らないし、口がいろんな問題を起こして汚れるんです。

末期癌の患者さんには、死の恐怖をとることとか、家をどうする、家族のケアをどうするとか、いろいろな問題があるんですが、私たち現場の者にとっては、口をどう美しくするかだけに勝負がかかることがあるんですね。朝きれいにしても昼には汚れる。口は乾きますし、黴《かび》ますし、別の意味で傷になるんですね。

口っていうのは傷のように傷むところで、それへのケアこそがターミナルケアの根本だと思っていたときに、「傷のごと開く…」。

道浦――母の口は最後まできれいでした。ふつうに食後の歯磨きもしていましたし、先生がおっしゃっている末期癌の方のような口には、たぶんまだなっていなかった。短歌も文学ですから、ちょっとイメージが違うかもしれません。

徳永――病院でのお母さんの様子を詠った歌にはこんなのもありますね。

死に近き人と思えずたんねんに髪梳きやつす母の仕草は[*5]

癌で死が近い人というと、私たちどちらかというと特別な人と思いやすいんですよ。「この人は癌なんだ」「この人は亡くなるんだ」と。でもお母さんは「たんねんに」髪を梳かれているでしょう。これは日常ですよね。

道浦――日常のままでした。慌てて入院したものですから、ショールなどでも地味な色のものを持っていったんですね。そうしたら、母は「いやだ」と言うんです。「病院だから、ただでさえうっとうしいから、きれいな色のものを持ってきて」って。

着るものにうるさい人でしたから、私たちが変な格好をしても怒るし、「きれいな格好をして見舞いに来て。こっちまで心が暗くなるから」とか、「パジャマの色が気に入らないから、明るい色のを買ってきて」とか、靴も「こんなものを履いてきちゃったから新しいものを買ってきて」とか…。最後まで、関西でいう「やつす」ということをしていましたね。

＊5『青みぞれ』一七七頁。

徳永――「やっす」？

道浦――「おしゃれする」という意味なんですね。

徳永――なるほどね。私たち臨床家は忘れてしまっているんですが、こういう短歌がもっている言葉は、一つひとつのものの背景にある豊かなものを教えてくれますよね。

柞葉《ははそは》の母

道浦――母が肝臓癌とわかってちょうど二年目のお正月、「眠い眠い」と言ってなかなか寝床から起きてこなくなったんですね。その後、一月の半ばごろでしたか、私がちょっと出張に出掛けて帰ってきましたら、顔がパッと真っ黄色になっていました。

常々、主治医の先生が「通院でいいですが、ある日突然、黄疸が出るか、静脈瘤破裂が起こるはずだから、そのときはすぐに病院に来てください」とおっしゃっていました。それで「これだ」と思ってびっくりし、そのまま入院し、二週間で亡くなったんです。

徳永――これですね。

黄疸は菜の花いろね柞葉の母の声音《こわね》は黄《きい》のしたたり[*6]

道浦——はい。菜の花いろ。「柞葉の《ははそは》」は母の枕詞です。

徳永——「ははそは」はきれいな音ですね。意味がわからないけど、濁音もないし、きれいですね、「ははそはのはは」。

道浦——きれいな言葉です。柞《ははそ》は植物の名前です。柏などの総称。美しい枕詞ですので、ぜひ使ってください。語源は私も詳しくわからないんですが。

徳永——この枕詞で何を思ったかと申しますと、病院では看護婦や医者は患者の家族関係のことをよく気にかけています。誰が看病に来るのか、誰が「キーパーソン」で、どう説明すべきか…。丁寧な説明を「インフォームド・コンセント」というんですが、そういう外来語に縛られた医療の現場があります。

道浦——全然意味がわかりません。いまの「キーパーソン」て何? …本当にわからない(笑)。

*6 『青みぞれ』一七八頁。

徳永――「あの人は息子さん」、「あの人はお嫁さんね」……と、私たちはある意味でコンピュータ用語的に家族関係のことも知っていて、そこで丁寧な説明を一人ひとりにしようと思っているわけなんです。ところが、たとえば息子さんに、「お母さんは癌なんですね。このことはお母さんにも言ってあります」とか言うと、息子さんがカーッと怒って、「告知はしてほしくなかった！」と言われることが、稀ですが今でもあるんです。

現代ではすべての人に告知するというのがすう勢になっているんですが、その息子さんとしては、お母さんには知らせたくなかった。自分一人が心にしまって、母には優しくしてやりたかった。そして院長のところに行って「主治医を替えろ！」といった事態が一般病院では起こったりするわけです。

「ははそはの」という枕詞でふと感じたことは、母という言葉の向こうに、私たち現代人には見えなくなっている〝枕詞〟、母の温かみのようなものがあるということ。お母さんに対して、そういう何とも言えないものを抱いている人たちはもちろんいるわけですね。しかし医療の現場では、なかなかそこまで目が届かない。

道浦——父の枕詞は「ちちのみの」っていうんです。ぎんなんやびわのこと。「実」と「葉」でしょう。だからどちらも語源は植物、いのちのつながりを意味していると思う。

徳永——つまり、そういう土とか自然界からあった家族の人間関係…。

道浦——いのちはポコッと突然、出てくるわけではないから、ずっと長い長いいのちの歴史があるわけですね。

徳永——ありますね。病院に来ると、そんなことがとたんに見えなくなりまして…。

道浦——そう。いっきょに一つの物体になってしまうでしょう。

徳永——法律用語みたいに、「このひと長男ね」、あるいは「実の父ですね」とか…。そんな言葉で終わりにしてしまっていて、私たちにはそういう〝枕詞〟がない。ふと、そう思ったんですね。

道浦——だから私たちは、母がいろいろなチューブにつながれて、これを外したらいのちがなくなる、そういうことに自分たちが立ち合うのがいやだったのかもしれない。だから最後まで母と娘であり、病院に行っても一人の道浦百合子として存在させてあげたい。——そういうことを本能的に望んでいたのかもしれませんね。

◆2◆　死に臨む言葉

医療の言葉を再考する

徳永――『青みぞれ』でお母さんのことを詠んだ歌の中に、いくつか印象的な言葉があります。例えば、

病室の簡易ベッドに覚めて吸う今日より母の無き世の空気[*7]

というのがありますね。

私たち医者は、患者さんが亡くなると、「亡くなった」ということをご遺族に伝えなければならないのですが、それをどう表現したらいいか、私はいつも迷うのです。「亡くなられました」、「ご臨終です」、「他界されました」、「息を引きとられました」、そういった言葉を口にするわけですが、これがなかなか言いにくい。私は、初めてそういう場に直面してから二十五年も経ちますが、いまだに迷います。「亡くなられました」というのが自然かなとか、「息を引きとられました」というのもいいかなとか、ある

＊7　『青みぞれ』一八九頁。

先輩の医者が書いたカルテを見たら「不帰の客となる」とあって、これまたニクイ！　と思って、しばらくそれを真似してみたり…。ただ気づいたのは、いずれにしても、そういう言葉には、「もうこれであんたは駄目、絶望的、終了」といったニュアンスがないことですね。

「息を引きとる」という言葉については立川昭二[*8]さんが書かれています。

人の死を表す日本語は多いが、今日でもよく使われるのは「息を引きとる」という表現である。生＝息と考える日本人にとって呼吸停止こそ死である。さらに、この「引きとる」とは「手もとに受け取る」「もとに戻る」「引き継ぐ」という意味がある。「いのち」は消滅するものでも断絶するものでもなく、もとあった所へ戻り、そして後の世に引き継がれていくものなのである。[*9]

ですから、臨終の席で「息を引きとられました」と言うのは、「患者さんが亡くなって、その息は皆さんに引き継がれました」ということになる。私はこれを読んで、ニクイ！　と思いました。私たちは死によって、「は

＊8　立川昭二（たつかわ・しょうじ）。歴史家。昭和二年（一九二七年）〜。早稲田大学文学部史学科卒。北里大学名誉教授。とりわけ文化史、生活史の視点から、病気や医療について研究。『歴史紀行・死の風景』でサントリー文芸賞受賞。著書は『見える死、見えない死』『最後の手紙』『病気の社会史』『病の人間史』『臨死のまなざし』『生老病死』『からだの文化誌』『日本人の死生観』『いのちの文化史』『養生訓に学ぶ』など。

＊9　立川昭二『日本人の死生観』筑摩書房、一九九八年、一七頁。

い、おしまい」、「もうとんでもないことになってしまった」と思いやすいのですが、そうではなく、死は「息を引きとる」こと、つまり亡くなった方に替わって私たちがその息を「引き継ぐ」ことなんですね。私はこの道浦さんの歌にそういったニュアンスがあるように感じて、なるほど「母の息を」と思ったんです。

道浦――逆に言いますと、人間はこの世に生まれてきたときに、この世の空気を初めて吸いますよね。私としては、そういうときの「いのちの連鎖」のようなものを思って作ったんです。でも、「息を引きとる」という、とてもいい言葉を今、教えていただきました。

徳永――立川さんから教えられた言葉がもう一つあります。「ターミナルケア」の「ターミナル」、ふつうは「終わり」という意味にとりますが、それにも「引き継ぐ」という意味がある。「あいだ」、「あわい（間）」、「とり渡す」というような意味があって、「この世からあの世へ引き継ぐ」という意味が「ターミナル」にはあるそうです。[*10]

道浦――病院の中の用語も日本語の軟らかい言葉に変わったら、ずいぶん雰囲気が変わることがあるかもしれませんね。

＊10　立川昭二『いのちの文化史』新潮社、二〇〇〇年。

徳永――そうですね。医療はそういうものを切り捨てて、コンピュータ用語のようなものになるべく近づけてきたわけですからね。短歌や詩は、人間の息吹やいのちの鼓動をもっと豊かに表現する可能性を秘めていますね。

道浦――先生もご自分で書いていらっしゃるでしょう。ひとくちに告知といっても、さまざまな死の告げようがあるって。

…そのころからぼくの前には、いろんな患者さんたちが現れた。「告げるべきか、隠すべきか」と問うことをぼくは次第にやめるようになった。やめて、どっちの島でもいい、患者さん自身が患者さんの舟にぼくを乗せて連れてってくれーという気分になった。患者さんが乗せていってくれるなら、「告げ島」でも行くし、「隠し島」でも行くという気分になった。

乗せられて着いた島は、「告げ島」や「隠し島」だったりもしたが、見も知らぬ島であることも多かった。「疑念島」「察知島」「誤解島」「あいまい島」「伝わる島」「がってん承知島」。それぞれの持ち味があった。[*11]

＊11　徳永進『医療の現場で考えたこと』岩波書店、一九九五年、一一三〜一一四頁。

これ、すごいなと思いました。こういうことをもっと広げましょうよ。

徳永——本当ですね（笑）。道浦さんがお母さんに対して古風な方法でなさったことは、ふつうの人たちにはもう、なかなかできないことになってしまっているんですね。

道浦——どうして、そんなふうになってしまったんでしょう。

徳永——ジャーナリズムが悪いんでしょうね（笑）。ジャーナリズムが「今は告知する時代だ」と言えば、日本人全体がすぐその流れに乗って、「告げられるんだ」「告げるんだ」一辺倒になってしまう。テレビでこんな報道があった、日本医師会はこう言っている、アメリカではこうらしい、とすぐ影響を受けてしまうんですね。今の時代、オリジナルで勝負したり、自分独自の意見や考えを構築する能力が非常に落ちていて、とにかくまず世間の標準に合わせようとする。道浦さんのように自分の意見をちゃんともっておられる方は少なくなったかもしれません。

道浦——母の主治医の先生はとてもきちんと対応してくれました。私と姉と姉の主人の三人で相談にいき、「これは私たち三人の一致した見解です」とお話したら、「私が家族だったらそうします」と言ってくださった。とてもいい先生にお会いできて幸せでした。もちろん、高齢のため肝癌の進行が遅く、急激に手術を要するような症状に至らなかったからできたことでもあります。とてもラッキーなことが重なったんだと思いますね。

医療の現場で詠まれる歌

徳永——医者や看護婦で短歌を詠む方もいると思いますが…。

道浦——私が十年間一緒に暮らした相手が内科医で、僻地医療をずっとやってきた人なんですが、彼も歌を作っていました。ただ、病院の仕事がだんだんと忙しくなって、とてもそんな余裕がなくなってしまい、「短歌は君に任すよ」と言ってやめてしまいました。続けたほうがいいと言ったんですが…。

徳永——それは歌を作ることで何か自分が整うといった意味を込めてですか?

道浦——結婚当初は研修医でしたし、学位も取るとかで、たいへんな忙しさだったのですが、忙しいからこそ、まったく違うことを考える時間をもっていたほうがいいからと歌を勧めたんです。

彼が短歌を始めたきっかけは、周りに歌をつくる方が多かったからのようです。近代の短歌史の中に病歌人の系譜というのがあるのですが、結核療養所やハンセン氏病の療養所には必ず短歌会があって、そこから優れた作者がたくさん出ているんですね。そういう関係で歌をなさる方が周囲にいらしたようです。

徳永――医療者が短歌を詠むときって、どういう気持ちなんでしょうか。

道浦――「山口百恵のような子がほしい、黄色いフリージアを代わりに買わん」とか（笑）、彼の場合は病院や医療のことをうたった歌というのはあまりなかったですね。でも、医師で歌をつくる方は多いですよ。斎藤茂吉[*12]は精神科医ですし、私の兄弟子の岡井隆[*13]さんは慶應義塾大学から北里大学病院に行った内科医です。

徳永――患者さんや家族の側で、病や死のことを歌に詠むということはけっこうあると思いますね。私の友人で、二十九歳の若さで癌で亡くなった「はなちゃん」という青年がいたのですが、癌が骨転移を起こし、末期になったときに私のところに来て言うんです。「家族ほどありがたいものはない。何の役にも立たんことほど悲しいことはない。子どもをお風呂にも

*12 斎藤茂吉（さいとう・もきち）。歌人、医師。明治十五年（一八八二年）～昭和二八年（一九五三年）。山形県生まれ。東京帝国大学医科大学卒業。精神病学を専攻。大正三年（一九一四年）長崎医専教授となり、その後ドイツに留学。昭和二年（一九二七年）青山脳病院長に就任、戦争末期に及んだ。戦後帰郷して多くの絶唱を残し、昭和二十六年（一九五一年）文化勲章受章。旧制第一高等学校時代に作歌を志し、伊藤左千夫に師事。雑誌「アララギ」の創刊・編集に関わり、その発展に大きく寄与。活発な作歌、評論活動を行った。作歌一万七千余、歌集は基本的な作風を確立した『赤光』以下十七冊を数え、『柿本人麿』はじめ万葉集の評論・随筆も多い。

*13 岡井隆（おかい・たかし）。歌人、医師。昭和三年（一九二八年）～。名古屋市生まれ。慶應義塾大学医学部卒業。「アララギ」を経て「未来」創刊に加わる。昭和三〇年頃塚本邦雄、寺山修司らと前衛短歌運

入れてやれんし、布団も敷けん。自分は木が好きで、いま生きている皆が死んでも残っている木が植えたい。俺が死んでも葬式はせんでええけ」と。そのはなちゃんが亡くなったあと、お母さんが短歌を詠まれた。

ちょっとでもいのち延びよと祈りつつなすすべもなく子の足さする

風花の舞う病窓に別れの目をむくわが子に春の曇りふく

はなちゃんはきっとお母さんに「俺死ぬよ」という顔をしたんだろうなと思うんです。

蕗の薹好みし子なれば仏前に供うるわれに遺影ほほえむ

これらの歌にはお母さんの心情が詠まれているでしょう。お母さんとはふだんから顔を合わせて付き合ってきたはずなのに、それだけではわからなかった、もう少し心の深いところにあるものに、歌を詠まれて初めて気

動を起こし、歌集『斉唱』『土地よ、痛みを負え』で注目を浴びる。その後『禁忌と好色』で迢空賞、『親和力』で斎藤茂吉短歌文学賞、『岡井隆コレクション』で現代短歌大賞などを受賞。現代の短歌界を代表する存在とされる。

づかされるわけです。どういうことなのでしょうね。私たちは医療の現場で患者さんとやりとりしているふうではあっても、実際には、下がった血圧を上げるとか、出ないおしっこが出るようにするとか、痛みをとるとかということに終始してしまい、誰もがもっている心の深いところにある感情に気づかないし、たとえ気づいても対応している時間がないのが実情です。

老・病・死の歌

徳永――短歌にとって老・病・死というようなのはどういうテーマなんでしょうか。短歌には相聞歌[*14]があったり、自然を詠ったものがあったり、いろんなものがあるんでしょうけど、短歌にとって死とはどういう位置づけにあると道浦さんはお考えでしょうか。

道浦――老《おい》・病《やまい》・死というのは大テーマで、いい歌ができる最高のテーマです。相聞の次が挽歌[*15]ですよね。挽歌も死者に対する相聞ですから、挽歌イコール相聞なんですね。

徳永――…へぇ、挽歌って相聞かぁ。ほんとですね、気がつかなかった。

道浦――自分のなかで病をもっているとか、老いを感じるとか、死が近づ

＊14 相聞（そうもん）は消息を通じ合う意。雑歌・挽歌と並んで、万葉集の三大部立の一つ。広く唱和・贈答の歌を含むが、恋愛の歌が主。

＊15 死者を哀悼する詩歌。悼歌。雑歌・相聞歌と並んで、万葉集の三大部立の一つ。

いたというのは、一番いい歌ができるチャンスだと思うんです。だから私は早く老いて、白髪の老女になって、しみじみと自分を見つめながら歌をつくるのが楽しみなんです。

新聞の選歌などしていると、老いたから歌ができないということではなくて、逆に高齢の方の歌、それから農業をしている方の歌、この二つが、とてもいいんです。

徳永――自然の摂理が入っているんですね。

道浦――そうです。農業をしている方の歌は必ず季節を体で詠っている。

徳永――それは癌の患者さんについても言えるんですよ。農業をしてきた人は、「ここまできたのは皆さんのお陰です」と言って向こうに行けるんです。

道浦――四季の移ろいのなかに自分のいのちをきちんと置き、生と死の繰り返しのなかに植物を見、自分もその流れのなかで生きていらっしゃる。だから非常にいいんですよ、農業をしている人の歌は。

玉葱を植えたる鍬を洗う夕べ二十世紀は昏れゆかんとす[*16]

*16 長谷川隆作（静岡新聞「読者文芸」欄）

とても自然でしょ。それから八十歳以上の高齢者の方。もう、上手な歌をつくろうとか、賞に入りたいという欲がないんです（笑）。

われの亡き後は思わぬことにして浄めて廻るうからの墓所を[*17]

「うから」は、一族とかいう意味。自分のありのままの今の気持ちを詠っているんです。それがとてもいいんです。

徳永——道浦さんご自身はお母さんを亡くされてから、

ぼんやりと見上げる空は幽界のひかりとなりし母の棲むそら[*18]

という歌を詠まれてますね。「死後生」という言葉がありますが、医療者は亡くなる患者さんに「ああ大丈夫、死後生があるから」とは簡単には言えるものじゃないんですけれども、そういうふうに思える心というのはとても大事だと思うんです。道浦さんのなかには今もお母さんがいるんで

＊17　相原ゆう作（静岡新聞「読者文芸」欄）

＊18　『青みぞれ』一八七頁。

すか。

道浦——ええ。だから二年の間に、いつか来る、その日を受けとめるとき、どういうふうに思えば自分が一番楽かっていうことを、いろいろ考えたんですね。

夕映えに溺れ消え去る鳶見れば死とは光に吸われゆくこと[*19]

という歌を作っているんですが、なんか、そういうふうに人間というのは宇宙を漂っている一瞬の光というか、宇宙塵のようなものであって、それがぽっといのちの連鎖のなかでこの世に形をもって生まれてくるんだけれども、またそれが一瞬の光になって宇宙塵になって消えていくんだ——そう思えば、死を、あまり大げさなこととして受けとめなくてもいいというか、自分が非常に楽になると思えたんです。

だから、あるとき母が、死ぬのが恐いというようなことを言ったので、死っていうのは「きれいな音楽が聞こえてくる音楽みたいなものだ」とか、「光になって吸われていくことだから」とか、そういう話をしたら、心が

＊19 『青みぞれ』一二八頁。

安らいだようでした。「遅いか早いかわからないけれど、お母さんも私もみんなどうせ光になっちゃうのよ」と言うと、「ああ、そう?」と言って…。

徳永――さっき子どものときに死が恐かったと言っていたのに、「夕映えに溺れ消え去る鳶見れば死とは光に吸われゆくこと」というふうに変わっていったのは、どうしてでしょう。

道浦――私は体が弱く病気ばかりしていて、こんなに長く生きられるとは思っていなかった。これまでにいいこと悪いこと含めて、したいことは全部やっちゃいましたし、長く生きるということにあまり執着がないんです。ただし、自分があと一年で死ぬとか、期限つきになると、精神的な葛藤があって、とっても恐いだろうと思うんですね。ですから私、自分の死は知りたくない。絶対隠しておいてほしい。そう願いますね。

死を承知する心

徳永――短歌や詩がすごいと思いますのは、たとえば西行[*20]の

＊20　西行（さいぎょう）。平安末・鎌倉初期の歌僧。元永元年（一一一八年）～建久元年（一一九〇年）。俗名佐藤義清、法名円位。鳥羽上皇に仕える北面武士だったが、二十三歳のとき無常を感じて僧となり、高野山、晩年は伊勢を本居に、陸奥・四国にも旅し、河内国の弘川寺で没。述懐歌にすぐれ、新古今集には九十四首の最高歌数採録。歌集『山家集』、歌論聞書『西公談抄』がある。

ねがはくは花のもとにて春死なむそのきさらぎの望月の頃[*21]

なんかを読むと、日本人って意外と根性あるんだなあというか、死を避けてませんね。じっさい患者さんでその歌を詠む人がいたんですが、その人は自分と重ね合わせてこの歌を詠んで、心の支えにされているようでした。

道浦——「自分だけではなくてみんなが死をそのように受けとめている。そういうみんなが受けとめている死を自分も受けとめるのだ」——そういう納得のさせ方、そういう精神の回路があると思うんですね。

例えば私は高校時代に『きけ　わだつみのこえ』[*22]を読んだことが、歌に関心をもつ大きな契機になったんですが、戦犯として絞首刑になった方（木村久夫[*23]）の歌で、

音もなく我より去りしものなれど書きて偲びぬ明日という字を

というのがありまして、とても感動した記憶があります。

＊21　大意「願うことなら、桜の木の下で、春に死にたいものだ、そう、あの二月の満月の頃に」。「きさらぎの望月の頃」は釈迦入滅の日（旧暦二月十五日）を示唆しているが、じっさい西行が七十三歳で亡くなったのは建久元年（一一九〇年）の旧暦二月十六日、「きさらぎの望月」の翌日であった。

＊22　日本戦没学生記念会編『新編　きけ　わだつみのこえ―日本戦没学生の手記』岩波書店（岩波文庫）、一九九五年。

＊23　木村久夫（きむら・ひさお）。学徒兵。大正七年（一九一八年）～昭和二十一年（一九四六年）。昭和十七年（一九四二年）京都帝国大学経済学部に入学するも、同年入営。終戦後の昭和二十一年（一九四六年）シンガポールのチャンギー刑務所にて戦犯刑死。陸軍上等兵。享年二十八歳。前掲書、四四三～四六七頁。

死を目前にしたときとか、明日死ななければいけないというときに、皆さん、辞世として、たいてい短歌を詠まれますよね。その歌のなかに、自分も人間という長いいのちの歴史のなかの一つの点として加わり、一つの点として消えていくんだという思いを込める、そういうふうに自分を納得させるという回路が、短歌にはあるのではないかと思うんですよね。

だからさっきの患者さんも、「西行もそのようにして死を思った。自分もその心境になって死を待てばいいのだ」というふうに思われたのではないでしょうか。

徳永——例えばインディアンの古老が詠んだ詩で、「今日は死ぬのにもってこいの日だToday is a very good day to die」[*24]という短い詩があるんです。

今日は死ぬのにもってこいの日だ。
生きているものすべてが、わたしと呼吸を合わせている。
すべての声が、わたしの中で合唱している。
すべての美が、わたしの目の中で休もうとしてやって来た。

＊24　ナンシー・ウッド著、金関寿夫訳『今日は死ぬのにもってこいの日Many Winters』めるくまーる、一九九五年、三九頁、R-13頁。

あらゆる悪い考えは、わたしから立ち去っていった。
今日は死ぬのにもってこいの日だ。
わたしの土地は、わたしを静かに取り巻いている。
わたしの畑は、もう耕されることはない。
わたしの家は、笑い声に満ちている。
子どもたちは、うちに帰ってきた。
そう、今日は死ぬのにもってこいの日だ。

これは秋の収穫の頃でしょうか、いい天気で、孫たちの声も聞こえてきて、「ああ、死ぬんだったら今日だなあ」というような詩ですね。ここで死は忌み遠ざけられるものではなくて、「死はあるよ」と言われている。そういう承知がどこかでできるかどうか、ですよね。

死はあってはならないという文化ではなくて、死をどう承知できるか。西行の詩はもちろんそうですし、古本屋のおじいちゃんだった天野忠[*25]の「寸法」[*26]という詩もいいですよ。

*25　天野忠（あまの・ただし）。詩人。明治四十二年（一九〇九年）～平成十一年（一九九九年）。京都に生まれ、古本屋など職を転々としながら詩を書く。『天野忠詩集』で第二回無限賞、『私有地』で第三十三回読売文学賞。『天野忠詩集』（現代詩文庫八五、思潮社、一九八六年）など。

*26　未完詩集『続・掌の上の灰』より。

いささか
あてずっぽうのようだが
死は
無限の半分だと
心得たらどうか。

無限の寸法は
人によって
まちまちである。

伸縮自在の無限の半分は
だから
人相応にほどよく
死ぬことを
気楽にさせる――。

これを読んだときもドキッとしました。医療の現場では、人が死なないように一生懸命努力をして、それが功を奏することもたくさんあるんですが、それでも死が起こると、「敗北でした。私たち行き届きませんでした」ということになる。でも、死を乗り越える特効薬があるわけじゃないですし、死は自然の摂理なのですから、「医療の敗北」という言い方はおかしいはずなんですが、医療にも看護にも、死をどのように見るかという文化的な要素がまったく欠落してしまっているんですね。

気がついてみると、これは殺伐としているというか、人の死に対して少し雑になってしまっている感じがするんですね。

道浦――現在は、ある意味で科学が突っ走って、来るところまで来てしまっているでしょう。心や精神の問題が忘れられてしまった。だから今度はそれを言葉とか心で取り戻さなければいけない。ちょっとおおげさに言うと、言葉で表現して、科学にも心を通じさせるということ。

例えば、その方のひと言で患者さんの顔色が変わる、そのくらいの看護婦さんがいらっしゃるわけでしょう。それは点滴を何十本するよりもすごいことなのに、そういうことがおろそかになってきたという気はしますね。

徳永——私たち医療者も人の老・病・死にかかわれるように、文学に表現されているような人間的な感性を身につけたいと思っているんですが…。

道浦——かつては、人生の苦難や生き方を学び、大人になるために読まなくてはいけない一連の「教養小説」[*27]というのがありましたでしょ。文学というのはそういう役割を果たしてきたんだと思うんですね。だから、現代の長寿社会で高年齢の人たちが読むべき文学というのが、今後存在するのかなと思ったりします。まだその社会が始まったばかりの揺籃期ですけどね。

徳永——それでいえば、道浦さんが「教養短歌」というやつを編集してくださったわけだ（笑）。

道浦——いえいえ、そんなことない。ただ自分の体験を残すことによって、それが同じような立場になった方には励ましの文学になっていく。そういうものが蓄積されていくと、なにか違う、救いとなるものが出てくるのかなと思います。これからでしょうね、きっと。

徳永——ええ、そうですね。そうしたいし、それを糧としたいと思います。

＊27　主人公の人格の成長発展を中心として書かれた小説。ドイツの小説文学に大きな伝統をもち、ゲーテの『ヴィルヘルム・マイスターの修業時代』などがその代表作とされる。原語はBildungsromanで、Bildungには「教養」と同時に「(人間)形成」の意味がある。発展小説ともいう。

青みぞれと菜の花と

道浦母都子

母を看取ってから、まる六年が経つ。忌日は一九九九年二月八日、今年の二月九日が七回忌だった。

とても恥ずかしいことだが、姉も私も母の七回忌をすっかり忘れてしまっていた。母の忌について、二人で何度も話し合いしながら、来年が七回忌だと思い込んでしまっていたのである。

それには理由があった。

同じ今年の三月九日が義理の兄、姉の主人の一周忌で、二人ともそちらのほうに気を取られてしまっていたからだ。

兄の一周忌の際、お寺の僧侶から、そのことを知らされ、私たちは自分たちのうっかりに気がついた。

お母さん、ごめんなさいね。

心の中で何度も詫びてはみたが、すでにこと遅し…。お寺からの提案で、来年、母の七回忌と兄の三回忌を同時にすることに決めた。

それにしても不思議だ。

ここに収録された徳永さんとの対談は母が亡くなった年の翌年、二〇〇〇年の夏ごろだったと記憶する。兄の発病がわかったのは、それから間もなくのことだった。

肝臓癌。まったく血のつながりのない母と兄だが、病名は同じ。姉との結婚以来、私の両親と一つ屋根に暮らし、本当の息子のように父母に接してくれた兄。その兄が、母と同じ肝臓癌だと知らされたのは、母を看取り終え、その哀しみがようやく薄らぎかけたころであった。

兄が入院するという前日、姉と私は、兄から初めて病気であることを知らされた。肝臓癌で、かなり症状が進んでいること。肝硬変が深刻で、治療が難しいこと等…。

ともに母を看取った経験から、そのことがどんなに大変なことかよくよく知っていた兄は、自分が癌だと分かってからも、誰にも言わず、とうとう入院という切羽詰った事態になってから、初めて身内に打ち明けたのだった。

姉も私も驚いた。驚いたというより慌てふためき、動揺した。

生体肝移植が最後の方法としてある。それを知って二人の甥が自分たちから移植を、と土下座して願っても、兄は「未来ある若者から移植なんて、とんでもない」と、頑として聞き入れてはくれなかった。

以来、四回の手術と五度の入院。五度目の入院が二〇〇四年の一月末で、そのまま還らぬ人となってしまった。

母の忌日である一九九九年二月九日のちょうど五年後の三月九日に兄は不帰の人となったのである。

振り返ってみて、兄の闘病生活は壮絶だった。没年が五十九歳だから、五十代半ばの壮年の身体は死に向かうには強健すぎたのだろう。

困難な手術を何度も乗り越え、酒もタバコも断って、凄まじいまでの闘病生活だったが、ついに病気に打ち勝つことはできなかった。

病院が嫌いで、朝、入院したと思ったら、その夜には自宅にこっそり帰ってくる。担当医に叱られても叱られても同じことを繰り返し、最後まで自分の家に一分でも長く居ることを望んでいた。

その兄が、自分から「救急車を呼んでくれ」と言い、深夜、病院に運ばれたのが、家との別れとなった。

兄の最期を看取ったのは義理の妹である私である。

人の死とは、こんなにあっけないものなのか。そうとしか感じられない最期だった。

私は母の死にぎわに間に合わず、義理の息子である兄が、姉とともに母を看取ってくれた。その五年後、義理の妹である私が兄を看取る。なんたる巡り会わせなのか。

それ以上の言葉を見つけ出せないままの私だが、母、兄と続いた、ここ数年の日々の中から得たひととの死、ひととの別れへの思いは尽きない。

ずいぶん個人的な感慨を書いてしまったが、徳永さんとの対談から、かなりの時間が経ち、その間のじかんが、私にとって、また新たな看取りの日々であったことをかんがみ、あえて兄に触れて記してみた。

母の場合は八十二歳という自然の摂理に近い死であったが、兄は壮年期の五十九歳での死。二人を看取ってその違いもよくわかった気がする。

人は、いつかは死へと旅立つ。

頭では理解していても、いざとなると戸惑い、嘆き、悲しむ。

自分の死については予測不可能だが、死期を悟った人との共有の時間はつらい。

徳永さんの言葉で「死の受容」という表現があるが、本人も受容し、周囲のものも受容したように見えても、それは受容しようと努力しているにすぎない。

誰にとっても死は怖いものだろうし、死にたくないのが人の心である。他者も自分も死は遠いものであってほしい。そう願うのが人の常であるはずだ。

とめどなく挽歌綴りて亡き母に甘ゆる夜を水仙匂う

『青みぞれ』以後も私は母の歌を作り続けてきた。短歌を作るという行為には、心を整理する回路があるようで、母を偲ぶ歌の軌跡を見ていると、自分と亡き母とのあるべき距離が徐々にできつつあるように感じられる。

水仙忌母の忌日をそう名付け春寒の夜を野水仙摘む

幽界の母あらわれて三味線をひきているなり遠野の暗さ

「ずり落ちそうで登りがこわい階段は」夢に母言う銘仙を着て

亡き母はいよよ恋しく長生の父は易しき石くれを蹴る

写し絵の曇り拭えば前の世のじかんの淵に生きている母

亡き母にいまだし届くDメール放り捨てたき夏のうしろへ

このように、母の歌を並べてみると、死のあとも、母は私の中にさまざまなかたちで存在し続けていることがよくわかる。

なにしろ、私の名は〈母都子〉。名前の中にも母は在り続けているのだから致し方ない。

母への挽歌集ともいうべき『青みぞれ』の後、私は『花眼の記』なる歌日記を刊行した。刊行日は二〇〇四年五月五日。内容は二〇〇三年一月一日から十二月三十一日まで、一年間の歌と日記風の文章が収められたものである。この時期は、兄の最期に近く、歌日記は、奇しくも兄の看護日記ともいえる内容となった。

兄の忌日の一年前の日記には次のような歌が記されている。

いましばし夫婦の時間残る春二人の影をひかりが結ぶ

ベッドより「あつこ」と兄が姉を
呼ぶかき消されゆく声なりいつか

春日影　姉が泣くときわたくしは
梧桐のように棒立ちとなる

三度目の入院時の歌である。

それが——

夫であり父親であり兄である一人
を包む家族の傘が

逃げ水のように消ゆるは「死」か
「生」か春の余白のじかん凝れり

海はいま震えているか病む兄の死
への不安を映すさざ波

この夜を蛍またたき病む兄を喜ば
すなりこよなくあまく

パンにぬるブルーベリージャムの
ほの暗さ家族の吐息煮詰めたよう
な

時を追って、息苦しい歌へと変化していく。

片割れとなる日がいつかペア・
カップ似たもの夫婦　甥のちち
はは

手術とは自傷行為か麻酔より覚め
ざる兄は晩秋の森

悲しみの袋のような影を曳く波打
際を歩める兄は

最期の一首は、二〇〇三年十二月二十八日の歌。その年が明けて一月末に緊急入院、三月八日に兄は不帰の人になるのである。

ここまで書いてきて、私は何が言いたかったのか、よくわからなくなってしまった。「あとがき」にはふさわしくない内容のような気もする。

だが、母、兄と、二人を看取る中で生まれた歌こそが、私自身の最も深い心情であろうと考えるので、つらつらと自分の歌を並べ記してしまったことをお許し願いたいと思う。

「死の受容」、それは、私自身にとっては、まだ自らのこととしては受け止めがたい難題であり、できればぎりぎりのときまで考えたくない重いテーマでもある。

母と兄の死にこと寄せ、自らの歌や言葉をここに記す私を、二人に、そして二人を巡る人々に心からの感謝を述べ、そして、お詫びしたいと思う。

うっとりと時間忘れてみとれたし
はなふり　光凪　菜の花浄土

母や兄のいる浄土とは、どんなところだろう。菜の花の黄が眩しいまでの季節である。

二〇〇五年四月七日

玄人でも素人でもなく

徳永　進

相も変らず臨床にいます。ずうっといると、自分がプロなのか素人なのか分からなくなります。プロっていうのは、日本語だと玄人、毅然として、ナタを振り降ろすようにしてことを決めていくという感じなのですが、どうも近ごろナタが錆びてきたようでもあるし、肩周囲炎のせいか、振り上げる高さが肩より下のあたりのようだったりするんです。そして毅然というのが薄らいで、呆然みたいなことがあったりで、どうも玄人とはいえなくなってきているようです。だから素人かというと、素人ほど素朴でピュアじゃないので、素人だなどというと、素人の人から「純粋じゃない人、ダメ」と追い出されそうだし、なんだかまるでコウモリみたいに洞窟の岩の天井にぶらりとぶら下がって、きょろきょろ、きょろきょろしているみたいです。

八十九歳のおばあさんが、「食べれない」といって総合病院を受診し、手術ができない胆のう癌で、あとは緩和ケアということで、ぼくの診療所に紹介になりました。ぼくの診療所というのは、二〇〇一年十二月にスタートした十九床の有床診療所で、十四床くらいが癌の末期を過ごしている人、あとの五床が他の慢性疾患末期の人、過食・拒食症、うつ病の人たちです。名前はちょっとやさしく、〈野の花診療所〉。

おばあちゃんは農業をしてきた人で、「先生、よろしゅうたのみます。でも、もうここまで生きましたら、それで十分覚悟はできていますから」と結構明るい。でも周りは気づかって「胆石だって」とはげましているんです。玄人ならまず病名告知して、その死を受容されることを課題とするのかもしれません。ぼく？ぼくはそのままなーんにも考えないんです。そのままの流れにのせてもらって流れていく、そうさせてもらうだけ。

一艘の木の舟のことを考えます。ぼくら医療者は一艘の木の舟に乗せてもらうんですね。乗っている人はすでに二人いるんです。もちろん一人だけということもある。一人は患者さん自身、もう一人は家族。その人たちがすでに乗っている木の舟に、あとで医者と、それからナースが乗ってくる。チーム医療ですから、場面によっては医者じゃなくてソーシャルワーカーだったり、ナースじゃなくて理学療法士や薬剤師。その木の舟が海を渡っている。海ですから大波のことも、台風に襲われることも、また穏やかな春の日の海のようなことも、鏡のような夏の日の海のようなこともある。原油が漏れ出した黒い海ということもある。そこを四人が乗った木の舟が航海していくわけです。誰かがこぐ。誰かが帆を張る。誰かが食べ物や水を用意し、誰かが泣き、誰かがさすり、誰かが眠る。薬も必要となるし、あたためることも、聴くことも求められる。そして祈ることも。そういう一艘の舟に乗って旅をしているというのが、ぼくの緩和ケアというか終末期のイメージですね。

八十九歳の胆のう癌のおばあさんは、食欲はなかったけれど元気でした。診療所に入院はせず、田舎の家で過ごすことになりました。車で四十分かかる谷の奥の村でした。ナースが週三日、ぼくが毎週土曜日に通いました。おばあさんはぼくらが来るのを待っていました。

「遠いところ、よく来てつかあった」と案内してくれた所は自分の古い部屋。窓を開けると小川が手前に、次に稲田が見え、そのむこうに村の山が見えました。懐かしい田舎の風景です。「さあ、行きましょう」とおばあさんはぼくらを自分の田んぼに連れて行きます。途中、村の女が三人、田んぼに座り込んで、乾いた穂を叩いて実を収穫していました。「大豆ですだ」とおばあさん。日本にもまだこんな風景があったんだと思って見ました。

「さあ、穫りましょう」とおばあさんが言ったのは柚子。たわわに実った柚子の実を袋いっぱいに穫りました。体の中に癌がある。それはそれ。晩秋を迎え、柚子が実った。それはそれ。「柚子は色よし、匂いよし、味よし、風呂によしですわ」と胆のう癌の元農婦。

自然ということ、自然の中の暮らしということ、暮らしの中に人がいるということ、そんなことを感じさせられました。おばあさんの癌が、違和感なく、晩秋の柚子の木の下に在ることを感じました。

季節を届ける。このこともとても大切。そんなの医療と関係ないことでしょ。だから当然、保険点数なんかついてないでしょ、と玄人からは言われそうです。でも季節は有難い、うれしいですね。

人によって、患者さんによって春が好きな人、夏がいい人、秋が一番という人、暗い冬が安心するという人、人それぞれ。なのに季節のそれぞれにはみんながうれしい。花も季節を届けますね。ほんとうは季節が花を届けるのだけれど、病室に入院していたり、自室にこもっていると、花が季節を運んでくる。水仙、梅、踊り子草、ネジ花、ハマゴウ、木扉、ネコジャラシ。食べ物も季節を運ぶ。シラウオ、ミズガニ、ワカメ、タケノコ、シロイカ、マツタケ。「わあー」って声が漏れる。死がそばにあっても、季節の移ろいはうれしい。みんなが好きなのは時の移ろいなのだろうと思います。時の流れの中にこそ、いのちを感知するんでしょう。

野の花診療所のラウンジで小さな写真展をやりました。三カ月が経つので終わりとなる、その前にその写真を撮った若い女性が思い出を語ってくれました。亡くなったのは三十一歳の小腸癌の男性。仙骨に浸潤して神経を巻き込む、とても強い痛みを生じていました。「もういい、死なしてくれ。殺してくれ」という叫び声も廊下に漏れ出てきました。でも彼女がやってくると、叫び声は収束します。

彼が亡くなったあと、二人が撮り合った写真を見て驚きました。穏やかな表情がそこに写っていました。「彼は、〈死んだら俺のことを忘れろ。でも生きている間、そばにいてくれ。もし治ったらいっしょに旅行したいね〉とも言っていました」と語ってくれました。

ラウンジには膵癌の末期を生きている五十六歳の男性がいて、彼女の話をいっしょに聞いていました。

「分かりますね。その生きたい、という気持ち、生きれたら、という希望、それに死ぬんだろう、という恐怖。その両方があるんだな、あるんですよ」目に涙が浮かんでいました。

二週間前に亡くなった五十歳の膵癌の女性の言葉を思い出しました。免疫療法として高価なリンパ球の点滴もしていました。

「何するの、どうせ私死ぬのに、ねえ」と明るい声で、死について語る日もありました。でもある日、「死に対して、腹をくくっている。死を受け容れてる、しゃあないじゃん、と思うことにしているつもりなのに、ほんとうに私死ぬの、どうして、何も悪いことしてないのに、っていう思いに襲われることもあるんです」って。そうですよね、そうだろうなってただ頷くだけです。

　誰もが相反する言葉をもちます。相反する言葉が沸く。相反する言葉の中で日々を送る。ただ頷くしかないです。


　素人って〈しろうと〉って読むし、玄人って〈くろうと〉って読む。コウモリのぼくは何人か、と思う。白人と黒人を〈しろうと〉と〈くろうと〉と読むとするなら、その中間なので灰人〈はいと〉ということだろう、と思ってみる。灰以外のどんな字を人の前にくっつけるべきか、と考えてみる。

　季節にこだわるなら、季語を使う〈俳句人〉としての〈俳人〉か。いろんなことごと、物々を届け配るというのなら〈配人〉か。難しい字だが、心にとどめ、忘れないという意味でなら〈佩人〉だろうか。でも、そんな言葉、聞いたことがない。まさか〈肺人〉、これじゃ解剖学だ。だからって〈廃人〉じゃ〈はいと〉じゃなくて〈はいじん〉になってしまう。その方が当っているだろうか。

　探し、探して、これならまあ許せるかと思ったのは〈拝人〉。ただひたすら祈る、拝む人。石牟礼道子さんがいっていた〈悶え神〉には届かぬが〈拝人〉。それが〈素人〉でも〈玄人〉でもないその中間にぶら下がるコウモリとしての〈拝人〉なのだろうか。


　臨床で働き続けています。一年目より五年目、五年より十年、十年より二十年と臨床にいる年月と力量が正比例の関係にあるかと問われると、必ずしもそうではない、というのが、どういう場でもそうであるように、そうなんですよね。例えばスポーツ。サッカーでも野球でもマラソンでもそうであるように、年月と力量の関係は決して正比例ではない、反比例だって生じます。

　小・中・高の同級生のお母さんを家で看取ったときのことです。同級生は女性、長くサンフランシスコに住んでいて、照明デザイナーとして生活していました。母一人、子一人、同級生は独身。米国と日本をここ数年間行ったり来たり。でも、母の最期は看てあげたいと決心し、米国を引き払って帰国しました。

　そして彼女の看病のもとでお母さんは衰弱され、息を引き取られまし

た。そのときのことです。ぼくはあ
あ、よかった、無事にこのときを迎
えて。同級生もお母さんの死を看取
れて、と思ったそのときです。彼女
がふっと漏らしたんです。
「なんてこと。お母さん、お母さ
ん。なんてことになったのー」
そうだよなー、とぼくも後で思い
ました。初めて遭遇する母の死、当
然「なんてこと」なのです。だのに
ぼくは「ああ、よかった」。以前は
ぼくも「なんてこと」でした。しか
しプロになっていき、良い死を届け
る技法を身につけてしまったのでし
ょう。そして「なんてこと」「なん
てこったあ」に出会ったんです。
目指せ、素人、というと失礼です
ね。いや〈廃人〉じゃない〈拝人〉
で十分、そこを目指さねばならない
のでしょうねえ。

第三章　言葉の智恵を超えて

――死者の側からの眼差しに生きる

高　史明（コ・サミョン）

1932年、山口県に生まれる。在日朝鮮人二世。高等小学校中退。底辺労働を遍歴。1955年、岡百合子と結婚。1962年９月、岡真史誕生。

1971年、筑摩書房から小説『夜がときの歩みを暗くするとき』を発表。作家生活に専念。

1975年、岡真史が自死。12年９カ月の生涯であった。この逆縁を契機として、『歎異抄』に導かれ、親鸞聖人の教えに帰依。

1975年、第15回日本児童文学協会賞受賞。1993年、第27回仏教伝道教会文化賞受賞。主な著書に『生きることの意味』（筑摩書房）、『ぼくは12歳―岡真史詩集』＝共編、『現代によみがえる「歎異抄」』（NHK出版）、『ことばの知恵を超えて』（新泉社）、『高史明―親鸞論集』全三巻（法蔵館）、『闇を喰む』全二冊（角川文庫）などがある。

細谷亮太（ほそや・りょうた）

1948年、山形県生まれ。1972年、東北大学医学部卒業。1972～1977年まで聖路加国際病院小児科レジデント。1978～1980年、テキサス大学M.D.アンダーソン病院癌研究所にクリニカルフェローとして勤務。1980年、聖路加国際病院小児科に復職。現在、小児科部長、副院長。

新聞、雑誌にコラムやエッセイを発表する一方、俳人（俳号は喨々）としても旺盛な活動を行う。

主な著書に『パパの子育て歳時記』（毎日新聞社）、『いのちを見つめて』『小児病棟の四季』（岩波書店）、『赤ちゃんとの時刻』（朝日新聞社）、『川の見える病院から』『ぼくのいのち』『おにいちゃんがいてよかった』（岩波書店）、『医師としてできること　できなかったこと』『旬の一句』（講談社）、『いつもいいことさがし』（暮しの手帖社）、訳書に『君と白血病』（医学書院）、『エリー』（保健同人社）、『チャーリー・ブラウン　なぜなんだい？』（岩崎書店）などがある。

◆1◆ 死を忘れようとしている時代

高――細谷さんの『「メメント・モリ」の時代―『野ざらし紀行』について』*1という、短いけれども含蓄のある文章を読んで私はびっくりしました。と申しますのは、そこでは『「死を忘れよう」としている時代に生きている私達』というのが結びの言葉になっているのですが、私自身も、現代という時代はまさに死を見まい、考えまい、忘れよう、それがもう極限にまで来ている時代ではないかと思っているからです。今、死を忘れ、死を見まいとするための手立てはあらゆる角度から精密にできあがっていると思いますが、それゆえ逆に、その上に築かれている生というものが非常に空洞化している。ある意味では、現代のさまざまな問題はこの一点が解けるかどうかにかかっているのではないかと思われるほど、生が見えなくなってしまっています。

そういう時代に対して、細谷さんは末期癌の患者さんの状況から説き起こし、そのうえで芭蕉*2の『野ざらし紀行』*3の中の句を取り上げていらっしゃる。芭蕉は旅の途中で、川原に捨てられて泣いている子どもと出会い、

*1　本書一八八〜一九二頁参照（初出――ターミナルケア編集委員会編『終末の刻を支える―文学にみる日本人の死生観』ターミナルケア第一〇巻六月増刊号、三輪書店、二〇〇〇年、二四四〜二四六頁）。

*2　松尾芭蕉（まつお・ばしょう）。江戸前期の俳人。寛永二十一年（一六四四年）〜元禄七年（一六九四年）。伊賀上野（三重県上野市）に生まれ、俳諧を志して京都から江戸・深川の芭蕉庵に移り、談林の俳風を超えて俳諧に高い文芸性を賦与し、蕉風を創始。各地を旅して多くの名句と紀行文を残し、大坂久太郎町（大阪市）の旅舎にて没。句は『俳諧七部集』などに結集、主な紀行・日記に『野ざらし紀行』『笈の小文』『更科紀行』『奥の細道』『嵯峨日記』などがある。

*3　松尾芭蕉作の俳諧紀行、

猿をきく人捨児に秋の風いかに

という句を詠んでいるけれども、彼自身、旅立ちのときに、

野ざらしを心に風のしむ身かな

という句を記し、いずれ旅の途上で自分の白骨が野ざらしになってもいいという覚悟をもっていた。生きるとは何か、死ぬとは何かを確かめ、自分の生と死を旅の中に統一していきたい、そういう芭蕉自身の切実な願いが前提にあって、それが、富士川の川原に捨てられている子どもと出会い、この句が生まれるための素地となっている、ということでした。

しかも細谷さんは、初めてこれを読んだのは医学部を志していた十八歳のころで、そのときは芭蕉の心境というものがうなずけなかったけれども、五十歳を超えた今になって芭蕉の境地というものとどこか同化できるようになってきた、とおっしゃっておられます。それがこの世を去ろうとする子どもを見つめる眼差しを通して語られ、『「死を忘れよう」としている時

全一巻。貞享二〜四年（一六八五〜一六八七年）成立。貞享元年八月、江戸を出立して郷里伊賀から大和・美濃などを訪れ、翌年京都・尾張・甲斐などを経て四月江戸に帰るまでの紀行。

代』という結びの言葉に収斂していっている。その中に、私は現代という時代の要を聞くような思いがしたんですね。

そこで、細谷さんがたくさんの子どもたちの死を看取っておられる、あるいはその生を見つめておられる、そういう現場からの眼差しをもう少し深くうかがうことによって、現代という時代全体、あるいは人間の未来についていろいろと思いを交換し、何かそこに光を見つけていきたいと思いまして、お話をうかがいたいと思ったわけです。

細谷——私も医者になりたてのころは、身内で亡くなった人といっても祖父ぐらいしかいませんでした。それでも、幼いころに友達が食中毒で亡くなるなど、人の死に立ち会うことが何件かあって、ショックを受けたり、死ぬのが恐いと思ったりしながら、それに対する素地が一応はつくられたように思います。今の若い医者で、人が死ぬ現場に立ち会いたくないからという理由で自分が選んだ科を変わりたいというような人がいるのをみますと、そういう素地がつくられることもないままこの人は大人になってしまったのかなあと思いますね。

もう一つ私が置かれた特殊な状況というのは、小児癌を扱う病院にずっと勧めてきたということです。生命にかかわるような病気とのお付き合いが多く、そういう病気をもったお子さんのお母さんやお父さんが、子どもを亡くすことでどれくらい傷ついたり悲しんだりするかを間近に見てきました。私が医者になりたてのころは、小児癌は文字どおり不治の病でしたから、ずいぶんたくさんのお子さんが亡くなったんです。今は治療法も進歩し、生命にかかわることは少なくなってきたのですが、それでも癌で亡くなるお子さんがいなくなったわけではありません[*4]。

今私が担当している高校生は、お腹の中に癌がいっぱい溜まって腸が通らなくなってしまっています。外側に「腸瘻」というバイパス[*5]をつければ、お腹の張りも取れるし、ご飯もちゃんと食べられるようになって、しばらくは大丈夫でしょうが、何もしないで放っておいたら腸が破けてしまうかもしれません。その子のお父さんとお母さんと、それから本人にも、やはり話をしたほうがいいと思いまして、いろいろと相談をしているのですが、その間こちらが考えていることというのは、これからどんなに頑張っても、あと一年ともたずに死がやってくるはずだから、そのときに痛くなく苦しまずに死ねるようにするにはどういう手立てをとるのが一番いいかとか、

＊4　二〇〇四年十一月に行われた第二十回日本小児がん学会・第四十六回日本小児血液学会におけるシンポジウムの中で、小児がんの代表的疾患白血病について討論された。その中で急性リンパ性白血病の治療率は六〇～七五％と報告されている。

＊5　ここでは、手術によって腸管と体表を結んで造られた排泄孔（人工肛門、ストーマ）のこと。

死ぬときのことを考えながら今をどのように生きるのがいいかとか、そういうことなんです。そんなことを考えている自分に気がつくと、やっぱり自分は普通じゃないなって思います。

「死を忘れようとしている」というよりも、「死を忘れさせられようとしている」というところが一般の人の日常生活にはあるように思います。

生の質を高めることが死に方を規定するというホスピスやターミナルケアの考え方がありますが、これに対して私は、どのように死ぬかの検討を通じて生の質を上げるというようなことが、日本流の、あるいはアジア的な風土での考え方みたいな気がするんです。いろいろな考え方があって多様化するのはとてもいいことだと思いますが、片方に偏ってしまうのはよくなくて、私たちがもともともっていた「死ぬことを通じて生きる」という見方を忘れないようにしないといけないのかなと思いますね。

高――死というものをちゃんと射程において生を生き抜いていくことが忘れられているというお言葉だったんですが、そういう、死を忘れた、死を見つめることを忘れた現代という時代は、西欧で近代以降に始まった人間中心的な科学思想全盛の中で、科学の眼差しというものが一種の信仰の状態にまで至ったことの一つの現れだと私は思います。東洋と西洋のどちらが優れているかということではなく、それぞれの歴史がそれぞれの文化の発祥の地で確かめられてきた、その歩みの過程をもう一度振り返り、足元を見直す必要がある、そういう時代に来ているということの「しるし」がこの文章の中にはあると私はみたんですね。

細谷——子どもを亡くすといった（極限的な）問題が目の前に突き付けられると、私たち日本人のもっている風土性が表面にでてきます。、アジア的な、仏教の影響を受けた、自然と一緒に暮らそうという風土の特徴なのかもしれませんが、「死をとおして生きる」というところに最終的に皆さんがたどり着くように思います。ですから、お子さんを亡くされたお母さんやお父さんのほとんどに、お子さんとの精神的・霊的なつながりがずっと存在しますし、かかわった医者とのつながりも同様に続くような気がするんですが、治った人の場合にはそうでもないんです。

どんなに必死の闘いをしても、うまい具合に治った場合は、いつのまにかその時のことを忘れてしまう、ということがあるのかもしれません。日常の中でも時々、自動車にぶつかりそうになったり、大きな列車事故に巻き込まれそうになったりする中で、ああ自分も死んじゃっていたかもしれない、と思うようなことはあるわけですけれども、それが本当に切実な問題にならないと、多くの人間は忘れちゃうんですよね。

高——そうです。私の知人で（私自身のことでもあると思うんですが）、非常に幸せに恵まれた環境で人生を送ってきた方が癌になって、お医者さんから告知されたら、もう世の中真っ暗なんですね。気が滅入ってきて、気がつくと死んだときのことばかり考えている、というんです。それでこちらに話をもってきて、

「かつて死ななかった人は誰もいないのだから、死ぬこと自体は自分も引き受けざるをえない。ただ、今まで幸せだったから、最期の土壇場でも痛くないように、不安のないように、安らかに死んでいきたい。あなたは仏教をやっているのだから、安らかに死ぬ道を教えてほしい」

と、こういうわけなんです。私は言いました。

「そういう道は知らない。本当に生きるということは、死を忘れているところには成立しない。仏教は、生死が分裂していないところで人間の生を考えているので、死ぬだけの道というのは私には教えられない。それをお

望みだったら、痛み止めの量を少し増やしてもらって、眠るがごとく死んだらいい。そうじゃなかったら七転八倒、痛い痛いと言いながら死んだらいい」

その人怒りましてね。そのとき私はこう言ったんです。

「死ぬことが気になってきたのは、〈死ぬ〉と言われたからだ。だけどその前に、自分がどこから生まれてきたか、〈生きている〉とはどういうことなのかを一度も考えていない。それで、〈死ぬ〉と言われたとたんに、自分が無くなってしまうことばかり考えているから、頭がおかしくなるのだ。いっぺん、自分がどこから生まれてきたか考えてみたらどうですか。お父さん、お母さん、おじいさん、おばあさんだけじゃなくて、もっとずっと溯って、その道を考えてみたらどうですか」

そうしたら、

「それは今までいっぺんも考えたことがない。それを聞いて、なんかほっとした」

と、言うんです。

それで、先ほど細谷さんがおっしゃったことなんですが、その後癌が良くなって、何年か経ちましたらもうけろっと忘れてしまって、「私がそんなこと言ったか」という感じなんです。私はこれが現代だと思います。一度そういう体験をしているから不安は引き続いてあるのですが、今度は忘れたふりをしていくのですね。死ぬということを忘れた時代というのは、死ぬことを忘れさせるようなシステムができあがっている時代なのだと思います。

細谷――柳田邦男さん[*6]がおっしゃる「一人称の死」「二人称の死」「三人称の死」[*7]ということで言うと、自分が死ぬという「一人称の死」も重要なことですが、お母さんとお父さんにとって大事な子どもの死は「二人称の死」ですよね。子どもが「大事だ」という感覚はもろに伝わってきますから、子どもを診ている小児科の医者もそこに巻き込まれ、受け持ちの患者さんが死ぬことに関してもほとんど「二人称」に近いドキドキ感や恐れを感じます。ご両親には、自分の子どもを亡くしてみなければわからないと言われますが、実際は感覚的にかなり近いものがあるように思うんです。決して「三人称」ではなく、「二・二人称」ぐらいかもしれないけれども、こちらも落ち込んだり心配したりするわけです。そういうことが何回もある

＊6　柳田邦男（やなぎだ・くにお）。ノンフィクション作家。略歴は本書二頁参照。

＊7　人称による死の違いについてはすでにウラジミール・ジャンケレヴィッチやフィリップ・アリエスなどがそれぞれに異なったニュアンスで言及しているが、柳田によれば、「一人称の死」は自分自身の死、「二人称の死」は人生の大事な部分を共有し合った愛する人（夫婦・兄弟・親子・恋人など）の死、「三人称の死」は友人・知人からアカの他人に至る広い範囲にわたる他人の死、を意味する。

うちに、死ぬということがどういうことなのかが、少しずつわかってくるような気がするんですよ。だから、人間が死ぬということを考えるときに、「二人称の死」、いちばん大切な人の死に対する「喪」の感覚といいますか、「本当に悲しむ気持ち」、「いなくなって寂しいと思う気持ち」、「悼む気持ち」というのが、その後の、死をとおして生きることを考えるうえでとても大事だと思うんです。

ところが今はそれも希薄ですよね。お葬式が終わって翌々日ぐらいから働き始めなければいけないような時代ですから。悲しみの作業が十分に行われることがない。例えば学校で友達が亡くなっても、その後しばらくは喪の作業が行われるかもしれませんが、ずっとその子の思い出話をするような機会がもたれることは比較的少ないし、「忘れることがいいことだ」のような風潮がありますけれども、それは本当はいけないことで、亡くなった人のことをずっと考えたり悼んであげるということは、とても大事なことのような気がするんですけどね。

高――あるお坊さんにうかがった話ですが、東京あたりの若い人たちの家庭で、お年寄りが長期間入院していてもあまり面会にも行かず、帰ってきたときはお骨になっているというケースだと、小学生ぐらいでは泣かないっていうんですね。けろっとしている。そのほうがシステムとして完了していると私は思いますが…。こういう「三人称の死」というのはいわば「活字の死」だと私は思うのですが、死が活字の向こう側で進行していて、そのかぎりでは身近な者が亡くなっても涙も出ないのでしょう。そういう点ではむしろ病院で患者さんやお年寄りに日常的に接している人たちのほうが、死というものが直接に透明になっているのではないでしょうか。それはむしろ「二人称の死」に近い。人が目の前で亡くなると、死が自分自身の内側に迫ってくる。死はそういう働きをもっているんじゃないかと思いますね。

ある看護婦さんたちの集いに呼ばれて、ベテランの看護婦さんから教わったのですが、患者さんの死期が来るとわかるんだそうですね。病室の空気がすーっと変わるっていうんです。それを感じるとだいたい一日か二日以内に死んでしまう。だから若い看護婦さんなんかはそういうところで何か感じるらしくて病室に行きたがらない。そしてノイローゼになる看護婦さんが多いということでした。

同じ家族の中の死でも、その死に直接触れないでいるとそれを他人事のように感じてしまうし、他人の死に直接触れる場であっても、死というものに自分の肌が馴染んでいないと、それを恐れ拒否していく。そういう非常にアンバランスな状況を、死を忘れた社会は全体として構造的にはらんでいると思います。

◆2◆　言葉で捉える生と死

細谷――もし自分が小児科ではなく例えば老年科を選んでいて、人間は時間が経てばだんだん歳をとって順番に土に還っていくのが当然だという考えでいたら、本当に今と同じような感覚をもつことができたかどうか、私にはわかりません。どちらかというと、もっと冷たい感じの医者になっていたのではないかという気がするんです。と言いますのは、私は親父が内科の医者をしているのですが、父の友達であるおじいさんやおばあさんが病気になっても、私は「歳だからしかたがない」とか「でも、まあ、なるようにしかならないから」とか言ってしまいます。そうすると親父は私に「おまえは冷たい」と言うんです。ひょっとして私は、もし最初からお年寄りばかり診ていたら、今のように二人称的に悼んであげることができない人間になっていたのではないかと、時々とても心配になります。

でも現実には小児科という、最も不条理で、理屈に合わない状況の中で子どもが命を落としていくような場にずっといたために、死ぬということが比較的身近に感じられるようになったのかもしれません。そういう点では私は小児科を選んでよかったと思っています。

高——地方で、土地柄によっては、お年寄りが亡くなると、おめでたいということで鯛を供えてお祝いをしてからお葬式をする所もあるようです。寿命を全うし、めでたくこの世におさらばして、あの世に還っていけたというお祝いなんですね。けれどもその反面、そういうシステムが生きている社会では（昔は朝鮮なんかにもありましたが）、あまりに早く死んだ子どもには葬式も出さない。親不孝をしたんだから、ということが裏にあるわけです。儒教と仏教の混淆でしょうか。

しかし現代では、死ぬのはめでたいという感覚が薄れる一方、子どもが亡くなるのは親不幸だから葬式を出してやらない、ということもなくなっています。その代わり、子どもが亡くなると、親は存在そのものが根こそぎ揺り動かされ、「この子が生きてきた意味は何か、全然わからない」と途方に暮れてしまう。合理的理性の時代ですからね。ですから大人が亡くなった場合は、その人の生きてきた意味をいろいろと振り返り、拾い出し、確認するという形で、その人の生を全うしようとする。意味を捉えていけばそこで一定の完結をみることができる、ということになります。

死者に対する生者の優先、これが死に直面したときの現代人に共通したありようだと思いますね。ところが子どもが亡くなると、そのあまりに早い死ゆえに、親は生の意味すら捉えることができない。言葉では言い表しようがない。しかし悲しみだけは猛烈な深さで襲ってくる。

細谷――長く生きた人が亡くなられた場合には、残された人が、もういなくなった人の生きてきた意味を言葉で紡いでも、ある程度きちっとした物語ができあがるのでしょうね。僕の診てきた二歳とか三歳で亡くなった子どもの場合でも、お母さんやお父さんは最終的にはその子の生きてきた意味というのを捉えるんです。ただ、それは言葉で捉えるのではなくて、魂で捉えるというか、存在を存在で受けとめるというようなことらしい。そうすることによって初めて、「あの子と一緒にいた時間はとても素晴らしいものだった」という感じをもつことができるようなのですね。

高――私たちはどうしても意味を尋ねる。大人の場合は、言葉を通してその意味を尋ねますね。しかし子どもの場合は、言葉を通して意味を尋ねるにしては、言葉で表現できる時間、空間、領域があまりに小さすぎる。むしろ、「物差し」が壊れる。すると、「物差し」の向こう、もっと深い言葉では捉えきれない処の何かに揺り動かされる。

特に母親の場合はその傾向が非常に強いんじゃないかと思います。あるお母さんの場合などは、亡くなったお子さんの死の意味を尋ねていきますと、言葉では捉えきれないものですから、あらゆる宗教団体を回るんですね。しかしどこへ行っても満足できる答えが見つからない。そして新興宗教をずっと回り歩いて、最後にまた言葉では捉えきれない子どもの死のところに戻ってきます。こうなると家庭が崩壊しそうになるんですね。父親は、社会的に言葉で生きていくという傾向が強いものですから、死をそういうふうに身体的に受けとめようとはしない。そうすると悲しみのありようが違ってくる。本来は同じ悲しみを分け合って助け合わなければならないのに、そのような同じ悲しみを抱く者が悲しみゆえにお互いに冷たくなっていく。そういう家庭崩壊の恐れもあるんです。

それで私は、言葉で捉える生・死とはいったい何であるのか、これは現代、一度根こそぎに考えておかなければならない問題なのではないかと思うのです。言葉では結局捉えきれないものがあるのではないか。言葉で捉えたと思ったものが実は本物を捉えていなかったのではないか。そういうことにまで目を向けていかないと、「死を忘れた時代」の本当の姿は見えてこないのではないかと思うんですね。

細谷――しっかりと死を捉えた人がいたとしても、その人がそれを言葉で表現したときに、それを聞く人は言葉でしか聞かないということが起こるわけですね。もっとも、昔の偉い人なんかは、その人のそばにいるだけで癒されるということがあったようで、良寛[*8]はそばにいてくれただけで周りの人が和やかになったとか。お釈迦様[*9]やキリスト[*10]だって同じような存在だったんでしょう。本当にそこまで行った人であれば、その人の存在と言葉とでもっと深い何かを感じさせることができたのではないかと思うんです。しかし、現代のように活字とか、(その人の存在そのものからくる特別な感じではなく)ただ声だけで話を聞くような場合は、魂で何かを感じることはなかなか難しいことだと思いますね。

高――悲しみというものは本当は言葉では捉えきれない、もっと底知れない深さをもって感じとられるものであるし、人間存在の根っこに横たわっているものだと思うんですが…。しかし現代文明はすべてを言葉によって捉えようとする。例えば今の時代を教育の問題に即して見てみますと、教

*8 良寛(りょうかん)。江戸後期の禅僧・歌人。宝暦八年(一七五八年)〜天保二年(一八三一年)。号は大愚。越後の人。諸国を行脚の後、帰京して国上山の五合庵などに住し、村童を友とする脱俗生活を送る。「この宮の森の木下に子供らと遊ぶ春日はくれずともよし」など、千三百余首の和歌を残し、書・漢詩にも優れた。著書に弟子貞心尼編の歌集『蓮の露』などがある。

*9 Sakyamuni(シャカムニ)。「釈迦牟尼」は古代インドの一種族であった釈迦族の聖者(牟尼)という意味。「釈尊」は釈迦牟尼世尊の略で、世尊は尊称。「仏陀」は目覚めた人、真

育というのもやはり言葉をとおして人間教育として成立するのだという前提の上に立っていると思うんですね。

しかし、「死」という漢字は読めても、その内実は見失われているのです。ある小学校で子どもに生と死の体験学習をさせなきゃいけないということで、先生方がどんな計画を立てたかというと、まずニワトリを子どもに抱えさせて川原へ行き、そこでニワトリを逃がす。次に子どもにニワトリを追いかけさせ捕まえさせる。今度はその場でニワトリを絞めさせ、羽をむしらせる。そしてその肉の入ったカレーライスを食べさせる。最後にその体験を作文にして書かせる――こういうプランを立てて実行しようとしたんですね。さすがに校長とPTAから異議が出て、絞めて料理するのは大人がやることになったのですが、それでもカレーライスを食べた子どもたちの感想文を読んでみると、みんな「気持ちが悪くて食べられない」という。大人のほうはこれを生と死の体験学習と考えてやっているわけですが、真の体験が見失われるまでになっている体験が言葉の知識に毒され、実際の体験の積み上げから遊離した空中楼閣のように独り歩きしている。そういうことが死を忘れた時代では教育全般に行き渡っていると思うんで

理を悟った人の意味。仏教の開祖。生没年は諸説ある（前五六六年～前四八六年、前四六三～前三八三年など）。インドのヒマラヤ南麓のカピラ城で、浄飯王と母マーヤー（摩耶）の長男として生まれる。姓はゴータマ、名はシッダールタ。生老病死の四苦を脱するために二十九歳のとき宮殿を逃れて苦行、三十五歳のときブッダガヤーの菩提樹下に悟りを得た。その後マガダ、コーサラなどで法を説き、八十歳でクシナガラに入滅。

＊10 Iesous Christos（イエス・キリスト）。「イエス」は名。ヘブライ語で「ヤーウェは救いなり」の意味。「キリスト」はヘブライ語「メシア」のギリシア語訳。「メシア」とは「油注がれた者」の意味で、古代ヘブライ国家の王の即位礼で頭に油を注がれたことに由来し、転じて人類の罪をあがなうために神が遣わした「救世主」の意味。「イエス・キリスト」は「救い主であるイエス」というほどの意味。キリスト教の開祖。前四年頃～後二八年。北パレスチナ

すね。

また、こんな笑い話もあります。東京の都立高校でのことです。冬、石油ストーブに石油を入れるのに、ふざけながらやっていたら、石油を教室の床にいっぱい溢れさせてしまった。当番の学生二人は急いでトイレからトイレットペーパーを二巻もってきて床を拭き、金属製の円筒形のゴミ箱に投げ入れたんです。見ると、ゴミ箱からトイレットペーパーの端がだらっと垂れ下がっている。そこで二人は、「これに火をつけたら燃えるだろうか」、「一度やってみようか」という会話をするわけです。円筒形のゴミ箱で、石油ですから、火をつけたらまるで花火の筒のようにドーンと火柱が立ったという。私はこれを聞いて、学習というものと、実際の肉体的な生活感覚や体験というものとが、いかに分離しているかということをまざまざと感じました。

ですから、まず体験があり、そうした経験を蓄積して知識にまで高めていった人間の歴史をもっと大切にしなければと思います。その過程をとばして言葉の知識に重点を置きすぎたがゆえに、プログラムそのものが狂ってきているのではないかという気がします。そこに今の子どもたちのいろ

のナザレで生まれ、三十歳頃洗礼を受け、ガリラヤ地方、首都エルサレムなどを巡り、神の国の到来の近いことを告げ、一切の偽善を排し、神の愛と正義を説いた。十字架上で刑死。

いろな苦しみが感じられるんですね。

細谷——教育の中では、子どもたちが感じようとしているときに感じさせてあげることはとても大事なことだと思うんですね。例えば僕の患者さんの男の子が亡くなるとき、その子のお姉さんに『わすれられないおくりもの』[*11]という絵本を読んであげたことがあります。それは彼女にとってとても大事なお話になりました。アナグマは歳とって死んでいった。残された周りの仲間にとっては、アナグマは死んでいなくなったけど、いつもそばにいてくれるような気がする。そのお姉さんに、死んだ人の魂というかスピリットというか、その人が「いた」ということはあとにも残ることで、「いた」ということはとても大事なんだよ、という話だった。加えて死んでいくプロセスは夢をみているようなもので苦しくはないこと、不自由になった体は天国に行くまでに再生してもとにもどることもその絵本には書いてありました。だからお姉さんはその絵本をとても大切に思っていたんですね。

ところが、その同じ物語が小学四年生の教科書に載っていた。クラスの子どもたちは、その話の中身よりも絵と表層的なところを見て、アナグマ

＊11　スーザン・バーレイ著、小川仁央訳『わすれられないおくりもの』評論社、一九八六年。水彩とペンで描かれるイラストが温かい、著者のデビュー作。英国では最もなじみの深い動物であるアナグマを主人公にした本書は、「身近な人を失った悲しみを、どう乗り越えていくのか」ということをテーマにした絵本。

がカエルにスケートを教えたり、キツネにネクタイの結び方を教えたりするのを面白がり、げらげら笑いながら大騒ぎになったわけです。先生も先生で、それに異論を挟むでも指摘をするでもなく終わってしまった。そのお姉さんは八歳だったんですが、自分がこんなに大事に思っている絵本を馬鹿にするような事態になって、とても傷ついた、ということでした。

もし学校の先生がお姉さんの体験や悲しみを知っていたら、クラス全体にお姉さんの悲しみを行き渡らせて、実際に魂の悲しみを感じさせることができたかもしれません。しかしそういう臨機応変の対応ができにくくなっている。むしろ、まだそういう時期じゃないのに無理矢理感じさせようとしてみたり、決まった時間に、決まったことを、決まった言葉で教えなければいけないというような教育が、学校だけでなく社会全体的に行き渡っていますよね。もっと心を自由にしておいて、感じられそうなチャンスに、ちゃんと感じている人が話をしてあげることができたら、と思うんです。昔、自然の中で村単位で子どもたちが育っていた時代は、たぶんそういうふうにして文化が伝承されていったんでしょうね。

高——私も同じような話を聞かされたことがあります。ある中学校で作文を書かせたんですが、そこの生徒で、半年ほど前に親が離婚し、父親のもとに引き取られていたのが、その父親も間もなく癌で亡くなってしまい、おばあちゃんに育てられることになったという子がいたそうです。人生のちょうど多感なときに、親の離婚に死別の悲しみが重なって、その子は生死というものを非常に深刻に受けとめざるをえなかったのでしょう。それを作文に書いたんですね。それは非常に胸を打たれる大変な悲しみ・苦しみを通して生まれてきた言葉だったと思います。

そして授業参観の日に、それをみんなでもう一度読み合わせて勉強しよう、というところまではよかったんです。最初に本人が作文を読み上げているときは、いかにも悪ガキと思われるような子も食い入るような顔をして真剣に聴き入っていた。ところが、それを引き受けた教師がいつのまにか話を文法解説にしてしまった。作文の一節を黒板に書き出して、「これは何を表現していますか?」などとやったわけです。そうすると、とたんにその悪ガキの集中も切れ、それまでの雰囲気がすっかり台無しになってしまった。

だから、物事すべてを対象化・データ化していき、データの処理ということしか問題にならなくなっているところに、生死を見えなくさせている現代文明の構造的な欠陥があるのではないでしょうか。

思春期を迎えた生身の若者が、データだけで自分の人生を捉えきれるわけがない。にもかかわらず今の世の中は、データによってしかシステムとしての人間関係が動いていかないようなところがあり、その人個人の経験や体験は、データに還元された自分とは分離された状態に置かれてしまう。そうすると、若い人は自分というものが見えなくなってしまうんじゃないでしょうか。「自分探し」ということが流行するのもそういう理由からでしょうが、しかし今の環境では、これはいくら探しても見つからないと思います。上に向かって挫折しないための勉強ばかりがあって、挫折したとき、そこから起き上がって歩き出す知恵がない。

細谷――そうですね。限られた言語と限られたフィーリングを組み立てて自分を探そうとするわけですから、これはなかなか難しいですよね。

高――はい。そういうふうに考えると大変な時代になっているんだと思います。お釈迦様の言葉に、[*12]

*12　中村元訳『ブッダの真理のことば・感興のことば』第五章「愚かな人」六二、岩波書店（岩波文庫）、一九七八年、一九頁。

「私には子がある。私には財がある」と思って愚かな人は悩む。

というのがあります。これは紀元前四〇〇～五〇〇年のお釈迦様の言葉にして、すでに、自分というものに拠って生きている人間の根源的矛盾を実に鋭く言い当てていると思いますね。

すでに自己が自分のものではない。ましてどうして子が自分のものであろうか。どうして財が自分のものであろうか。

ということです。にもかかわらず、現代人は命というものにしても、「これは自分の命だ」と思ってしまうんですね。

細谷――今よりその当時のほうが、そういうことがずっとよく見えていたんでしょうかね。そのころはお釈迦様に近いような人がたくさんいて、みんなよくわかっていたのかもしれません。しかし科学技術の進歩と数学的な思考の積み重ねによって、そういう感性がだんだんと鈍くなってきたのではないか、という気がしますね。

高――教育ということからさらに振り返って、懐妊、誕生、幼児期、学習期という過程を考えてみると、命の非常に深い喜びや悲しみもすべて言語で把握されるようになってきている。今はその全盛時代なのではないでしょうか。

昔は赤ちゃんができても、最初はどうも体の調子が悪いとか、風邪でもひいたんじゃないかとか、そういうことから母親は懐妊を自覚していったわけでしょう。しかし今はエコー（腹部超音波検査）でお腹の中まですっかり見ることができますね。また、「胎教」などという言葉がありますが、これには、お腹の中の赤ん坊を親の思うがままに操作できる（したい）というようなニュアンスがあるように思えます。

赤ちゃんが生まれると、今度はお乳を与えることになります。これは私が現実に電車の中で目撃したことなんですが、ある母親が自分の座っている横に赤ちゃんを寝かせ、顔の横にハンドバッグを置き、そこに哺乳ビンを立て掛けたんです。その角度がいいと赤ちゃんはお乳をちゃんと飲むわけですが、その母親はそれを確認すると、もう赤ちゃんのほうには見向きもせずに隣の夫と話を始めたんです。お乳を与えるという行為の中には、お互いがしっかり抱き合い、目を見つめ合うという、根源的なコミュニケーションが自然に含まれていると思うんですが、それがもうないんですね。

それから、母親というのは赤ちゃんに喃語で語りかけるのが普通なんですね。最初のうちこそ親の言葉で語りかけますけれども、赤ちゃんが喃語を使い始めると、自然と主導権が赤ちゃんのほうに移り、母親も赤ちゃんの真似をして、喃語――記号化するとまったく意味のない言葉ですが――を使って語りかけるようになるんです。私は、これは猛烈に大事な、言語のやりとりの中でも本当に大切な基礎のところだと思うんです。タゴール[*13]の詩の一節にこんな言葉があります。

あかちゃんは　かしこい　ことばで
いろいろな　言いかたを
みんな　しっているのです。
ただ　この地上には
その意味の　わかる　ひとが
まるで　いないのです。

＊13　Rabindranath Tagore（ラビンドラナート・タゴール）。インドの詩人・思想家。一八六一年～一九四一年。ベンガル固有の宗教・文学に精通し、欧米の学を修め、インドの独立・社会進歩・平和思想のために闘った。一九一三年にアジアで初のノーベル賞（文学賞）を受賞。著作は、小説『郷土と世界』『ゴーラ』など、詩集『ギーターンジャリ』など多数。

あかちゃんが　おはなし
したがらないのは　それには
わけが　あるのです
あかちゃんの　たった一つの
ねがいは　おかあさまの
おくちから　おかあさまの
ことばを　ならいたいのです。
なにも　しらなそうに
みえるのも　そういう　わけが
あるからなのです。[14]

この喃語の交換という行為が崩れ、言語を意味のあるものとしてだけ独り歩きさせますと、言語は響きのない記号になってしまいます。そしてその記号づけのままになって学習期に入ると、人間を本当に人間に育てるのではなく、情報産業の発達とも相まって、すでにして人間をロボット化することにもなりかねません。

＊14　詩集『新月』所収「あかちゃんのやりかた」の一節。ラビンドラナート・タゴール著、高良とみ・高良留美子他訳『タゴール著作集』第一巻（詩集Ⅰ）、第三文明社、一九八一年、一四七〜一五一頁。

細谷——そうですね。小児科学の中でも非常に問題があると言われているところです。例えば、おっぱいをあげるのに、時間のインターバルを決めるようになったというのが、そもそも間違いの始まりだと思うんですね。赤ちゃんがお腹をすかして泣いたときに、お母さんが「ああ、お腹すいたのね」と言って自分のおっぱいを感じてみると、ちゃんと張っている。だから「あげるわよ」と言っておっぱいをあげたのが普通の状況なんですね。お互いの気持ちが通じ合っているわけです。ところが、だんだんと人工ミルクが発達するにつれて、「三時間おきにあげてください」といった調子の米国式のやり方が広がるようになった。他方、それじゃちょっとまずいんじゃないかと気づいた人が、今度は「二時間半から四時間ぐらいの間で、もし泣いたらあげてください。そのぐらいで泣けばちょうどお母さんのおっぱいの出もいいし、赤ちゃんも健康ですよ」といった形で指導するようになる。このような数字と時間で安心させる育児法がお母さんたちにはとても大事なことになっています。

抱っこするたびに赤ちゃんがだんだん重くなっていく、ニコニコしてちゃんとおっぱいを吸ってくれる、といった感覚よりも、実際に何キロ体重が増えたかのほうが重要だったりするわけです。こちらが、赤ちゃんがニコニコしているのを見て、「お母さん、大丈夫ですよ」と言うだけではだめで、ちゃんと体重を計って「体重が○キロ増えているから大丈夫です」と言わないといけない。そう言って初めて向こうも安心するというようなことが実際ありますね。

人間はその成長過程で、一歳過ぎくらいから我を張ってわがままを言うようになり、三歳ぐらいで少しおりこうになりますよね。おりこうになる時期というのは、両親が望む子ども像、悪く言えば両親が規定した自我が、ある程度できあがる時期に当ります。しかしその後、今度は自分で自我の組み立てをし始め、そうしてだんだんと人間ができあがっていくわけです。そうした自我の組み立てや組み替えをするにあたって、一番大事な根本原則は、例えば「お腹がすく」とか「こうすれば気持ちがいい」といったような、根本的な感覚を身につけることなのです。ところが最近、そういう感覚を身につけないまま成長してしまう人がいるんです。そういう人は、例えば中学生になったときに、一度痩せようかと思うと、どんどん痩せていって止まらなくなってしまう。その子どもに「お腹すかないの?」と聞くと、「すかない」と言う。「何か美味しいものを食べて、美味しいなあって思いながら、お腹いっぱいで幸せだって思ったことないの？」と聞くと、「子どものときからずっとない」と答えるんです。これは先ほどのお話のように、赤ちゃんが子どもになり、子どもが大人になっていく過程で、とても大切であるはずのことがすっぽり抜けてしまっているんだと思うんですね。かわいそうですよね。

高――社会との関係で言えば、模倣期がないことにも通じることでしょうか。三歳ともなるとお手伝いをしたがるものですが、自立が同時に親子の縁を作り深める過程がなくなっていることですね。

◆3◆ 自然《しぜん》と自然《じねん》

高——こういう問題をどこから考えたらよいか、というときに、私はこのごろ元に戻ってしまうんですね。お釈迦様の時代とかギリシア神話の時代とか、日本でいえば鎌倉期に成立した浄土教[*15]のものの考え方に、です。一度このへんから全部見直したらいいような気がするんです。

例えばソフォクレス[*16]が書いたギリシア悲劇に『オイディプス王』[*17]というのがありますが、このオイディプス王として言い当てられている人間の姿を私はよく思うんです。これは、親に捨てられた子どもがよその国で大きくなり、旅先で出会った父親を父親と知らずに殺し、母親を母親と知らずに妻として国王になるが、やがて国が乱れ、最後は崩壊していくという話です。このオイディプス王の悲しみ・苦しみには、人間のもっている存在条件がすべて入っているのではないでしょうか。まず、親に捨てられるということがありますね。そのために、本来人間として最も関係が深いはずの父親を殺し、母親を妻としてしまう。そしてその母親にもう一人子どもを——兄弟でもないし、なんともいえない関係の子どもを生ませています。

＊15　現世において修行し自力で悟ろうとする「聖道門」に対して、阿弥陀仏の浄土に往生して仏果を得ようと期する「浄土門」の教法をいう。インドでは大無量寿経をはじめ馬鳴・竜樹・世親ら、中国では慧遠・善導ら、日本では空也・源信・良忍・法然・親鸞・一遍らによって主張され、多くの宗派が起こった。

＊16　Sophokles（ソフォクレス）。古代ギリシア三大悲劇詩人の一人。前四九七年〜前四〇五年頃。アテナイの全盛期に活躍。形式上も、人間性豊かな内容面でも、古典悲劇の最高の完成者といわれる。『オイディプス王』『アンティゴネ』『エレクトラ』など七編の作品のほか断片が現存する。

最後はというと、悲しみを背負った主人公は自分で自分の目を潰して旅に出るわけです。これはどういうことでしょうか。これはつまり「自分が見えていると思っていた目は、実は何も見えていなかった」ということなのではないでしょうか。この結末のつけ方をみると、ギリシアの時代にすでに「見えるとはどういうことであるのか。見えていると思っていても、実は見えていないのではないか」ということが見届けられていたのではないか、と思うのです。しかも、この見えないのに見えると思いこんでいる人物こそ、まさに「善人」の典型であるわけです。

同じようなことは東洋の古い時代の思想においても見届けられていました。例えば芭蕉も大好きだった荘子[*18]は、「わかる」(弁ずる)ということは「分ける」(別ける)ことにもなるという。だから「わかる」ということは物事が二つになることであって、そのものがわかるわけではない、ということを言っています。[*19]

日本でも親鸞[*20]がそういうことを非常によく見届けていて、そのうえで人間の生死というものをどこに見定めていったらいいかを考え、素晴らしい言葉をたくさん残しています。例えば近代との比較で言うと、近代人の

＊17　Oidipous（オイディプス）。英語読みでOedipus（エディプス）。ギリシア神話で、テーベ王ライオスの子。アンティゴネの父。父王を殺し生母と結婚するという神託を避けることに努めたが、神託通りになったので、自ら両眼をえぐって放浪。アテナイで死ぬ。テーベ付近で行人を悩ます怪物スフィンクスの謎を解いた。後にフロイトが提唱したエディプス・コンプレックスはこの神話に基づく。

＊18　荘子（そうし）。中国の戦国時代の思想家で、道教の始祖の一人。前三六九年～前二八六年。姓は荘、名は周。老子と同じく無為自然を基本とし人為を忌み嫌うが、老子にわずかに残る政治色を払拭し、徹頭徹尾俗世間を離れ無為の世界に遊ぶ姿勢をとる。著書『荘子（そうじ）』は内編、外編、雑編からなるが、内編だけが荘子本人によるものとみられる。内編は多くの寓言によって、万物は斉同で生死などの差別を超越することを説く。

「分ける知恵」からみた自然とは対象世界としての自然《しぜん》ですよね。それを征服し所有することによって人間の幸せを実現するのだという考え方によって近代世界は作られていきました。これに対して、東洋思想における自《じ》然《ねん》は対象世界としての自然ではなく、「自ずから然り」ということが本来の言葉の意味としてあるわけです。しかし親鸞の場合はその意味をさらに「自ずから然らしめる」というふうに強調しています。

> 自然といふは、自はおのづからといふ、行者のはからひにあらず、然といふは、しからしむといふことばなり。しからしむといふは、行者のはからいにあらず、如来のちかひにてあるがゆゑに法爾といふ。*21

ここでは人間と自然との関係が、主体が自然の側にあるような関係へとはっきりと置き換えられているのだと思います。非常にわかりにくい言葉ですが、インドから中国、朝鮮を経て日本に渡ってきた仏教は、この鎌倉仏教において仏教そのものの本質を言い当てたようなところがあるのではないでしょうか。「自然」は「弥陀の国」と言う。

*19 『荘子』内編の斉物論編などで展開されている。

*20 親鸞（しんらん）。鎌倉初期の僧で、浄土真宗の開祖。承安三年（一一七三年）〜弘長二年（一二六二年）。九歳で得度。慈円の門に入り、のちに法然の弟子となって専修念仏の門に帰した。承元元年（一二〇七年）興福寺の告訴による念仏弾圧により法然らと共に罰せられ、越後（新潟県）に流された。その後、愚禿と自称し、非僧非俗（僧侶でもなく俗人でもない）の立場に立って恵信尼と結婚。建保二年（一二一四年）家族と共に常陸（茨城県）に移住し、関東各地の民衆に念仏を広めるとともに、浄土真宗の根本聖典となる『教行信証』を著した。六二歳頃帰洛し、弘長二年（一二六二年）末娘らに看取られて生涯を終えた。著書は『教行信証』『浄土分類聚鈔』『愚禿鈔』『浄土和讃』など多数。

*21 親鸞晩年の法語と書簡を収録した『末燈鈔』第五章の「自然法爾の事」による。大意

これを今の生と死の話に当てはめて言いますと、生者というのはふつう生者の側から死者を見てしまうわけですが、そうではなく、どこかで死者の側から生者が見られる、ということがなければならないのではないか。そういう眼差しからこそ、本物の感性が蘇ってくるし、同時にまた、そういう眼差しが時代全体の根幹となっていくときに、いままでの五百年分ぐらいは変えられるような方向性が生まれてくるのではないか。——私にはそういう思いがあるんですね。

細谷——自然《じねん》という思想の中には人間も含まれる。人間も同じように然らしめられている、ということですよね。

あるお母さんが、亡くなりかけている我が子のことを綴った手記[*22]があるのですが、普通の感覚から言えば、亡くなりかけている状態というのは、活動性が落ちているわけですから、ＱＯＬ[*23]も非常に低い状態にあると考えられます。にもかかわらず、周囲の人間にとって、その子が生きているということが、ただそれだけで非常に重要な意味をもつ局面があるようなのです。その手記にはこんなことが書かれています。

—「自然は、「自」と「然」に分解されます。「自」は、私たちの一切のはからいに関わらないということであり、人間の知性を超えるおのずからの働きがあるということです。「然」は、「しからしむ」と読むべきであり、如来の誓いがその誓いの内容を実現せずにはおかないことをいうのです」。

＊22 神奈川県「大和生と死を考える会」講演記録。法月恵。

＊23 quality of lifeの略語。生（生命・生活・人生）の質。どれだけ長く生きられるかを問題とするquantity of life（生命の量）という考え方に対し、生の長短にかかわらず、どれだけ豊かな充実した生を全うできるかを問題とする考え方。

私はずっと、リョウタの肉体の回復という奇跡を願っていた。しかし入院の日から眠り続けるリョウタは、たくさんの検査器具やチューブにつながれ、一生懸命病気と闘い、どんどん痩せてぼろぼろになっているにもかかわらず、今にも起きそうな寝顔でここまで頑張ってきてくれた。そうやって、私や家族がリョウタとの別れを受けとめられるよう時間を与えてくれていたのだ。むしろこのことこそ奇跡なのではないだろうか。[*24]

僕は小児癌の子どもたちのキャンプというのをやっていて、ハイキングや乗馬やヨットなどに連れ出すわけですが、活動性の高い子はいいけれども、車いすの子はそういうときはお留守番をしていないといけない。その意味では、キャンプを企画しているスタッフの中にも、「ちゃんとした活動ができない人がこういうキャンプに来るのは意味のないことだ」と言う人もいる。常識的に言えばそうなんだと思うんですよ。ところが、そんな車いすの子も、みんなが外出から戻ってきて楽しそうにしているときに、そのみんなと一緒の時間をとても楽しんでいる。それで、ある車いすの子のお姉さんは、「この子にとっても、とてもいいキャンプでした」と言っ

＊24　前掲（＊22）の法月恵講演記録。

たんですね。その子が楽しいと思う気持ちと、僕たちがこの人は楽しいだろうと思うのとでは違うし、お互いになかなかわからないところがあります。

だから昨今、QOLということがさんざん言われていますが、常識的な見方で「活動性の高さ＝質の高さ」と考えてよいのか、質を数字で表すことなどできるのか、僕は時々疑問に思うんです。先ほど先生から「死者の側から生者が見られる」というお話があったように、現代の常識的な尺度ではなく、生きる・死ぬ全部ひっくるめた中で重要なことというのが世の中にはあるのではないか。お互いどうもわからないところで然らしめられているのではないか、と思うんですね。

高――ご自分の子どもを亡くしたお母さんが書かれた文章の中に、息子の死後サン＝テグジュペリ[*25]の『星の王子さま[*26]』を読み返したら、以前には気がつかなかったやさしいメッセージを感じることができた、ということを述べるくだりがあります。その一つの箇所として、

心で見なくちゃ、ものごとはよく見えないってことさ。かんじんなことは、

＊25　Antoine de Saint-Exupery（アントワーヌ・ド・サン＝テグジュペリ）。フランスの小説家。一九〇〇年～一九四四年。リヨン市の名門貴族の家庭に生まれる。二十一歳で兵役に志願して飛行機の操縦を覚え、除隊後の一九二六年ラテコエール航空に入社し、サハラ砂漠の中継基地やブエノスアイレスなどに着任。一九三九年のナチス・ドイツの侵攻に伴い航空大隊の将校として偵察任務につくが、一九四四年七月三一日偵察に出発したまま消息を絶った。この間、飛行家生活を題材として人間性の高揚を描いた小説を次々に発表。著書は『夜間飛行』『人間の土地』『戦う操縦士』のほか、童話『星の王子さま』など多数。

＊26　サン＝テグジュペリ著、内藤濯訳『愛蔵版　星の王子さま』岩波書店、二〇〇〇年。

目に見えないんだよ。[*27]

という言葉を取り上げられているのですが、これはまさに、お子さんが亡くなっていく悲しみを通して初めて目に見えないものを感じることができたということ、だからこそこの言葉が響いてきたんだと思うんですね。

サン=テグジュペリのこの言葉を考えるとき、私はいつも彼の『人間の土地』[*28]という作品を思い出します。これは彼が『星の王子さま』の根本的なテーマを感得した、その原初的な体験を表現している作品なのではないかと思うんですね。飛行機事故でサハラ砂漠に不時着したのはいいが、あの当時ですから捜索隊に発見される可能性はほとんどない。そういう状態で数日が経ち、刻々と最期の時が近づいてくる。そしてあと二〜三時間の命であろうと実感しつつ、砂漠に横たわって、死の中に入っていこうとしていた、まさにそのとき、たまたま現地人がラクダで通りかかり、水をもらって九死に一生を得る、という話なのですが、水桶に顔を突っ込んでガブガブと水を飲んだときのことを彼はこう書き残しているのです。

＊27　前掲書（＊26）、九九頁

＊28　サン=テグジュペリ著、堀口大學訳『人間の土地』新潮社（新潮文庫）、一九九八年。

ああ、水！
水よ、そなたには、味も、色も、風味もない、そなたを定義することはできない、人はただ、そなたを知らずに、そなたを味わう。そなたは生命に必要なのではない、そなたが生命なのだ。[*29]

このとき水は、近代の主体的な人間からみた対象世界のモノではなく、それ自体がまた一つの独立した主体として感じられ、そのようにして初めて彼は、近代文明というものが数字と記号で成り立っていることや、心で見なければ見えないものを見失いかけていることに気づいた。そしてそれが『星の王子さま』のモチーフになったのではないかと思うのです。

人間が数字や記号を駆使して自然を対象化しているとき、自然はむしろ見えなくなっているのではないでしょうか。本当の自然というのは、わかる（分ける）世界を通してではなく、自分の生死を賭して、対象世界と自分が一つになった世界を通して初めて知られるのではないか。こころの合掌です。サン＝テグジュペリが「水よ、…そなたが生命なのだ」と言いえたとき、彼にはそういうことが見えていたのではないでしょうか。

＊29　前掲書（＊28）、一九九頁。

細谷——そうかもしれないですね。ある俳句の歳時記を作っている方から聞いたのですが、自然についての解説を書くと、その文章の九割は、自分が学校に入る前の経験に基づいていると言うんですね。つまり、理屈で見たり数字で捉えたりする前の、まだ何もわからない子どもだったころに、周りの自然から感じたもの、受けとったものが根本になっているという。だから、たぶんサン＝テグジュペリの経験も、その根っこには、飛行機乗りになるよりもずっと前の子どものころ、何もわからずに足をひたしていた小川の水の感覚といったものがどこかに残っていて、死のうとした刹那にその水の感覚、水との一体感が猛然と甦ってきたということではないか。そういうところがあるんだと思うんです。

ところが今の子どもたちは、家の中でゲームをしたり数字を相手にして遊んでばかりいて、自然に対する感性も何ももたないまま大人になってしまう。こうなるとも何もないですね。あれは本当にいけないことだと僕は思うんです。小さい子どものころに、家族一緒に外でお弁当を食べるとか、野原を駆け回るとか、そういうことがなされていないと、いくら命の瀬戸際にきても、水に対する感性なんか湧いてこないだろうと思いますね。だから、死を通して生を考える前に、小さい子どものころに自然を十分に感じさせなければいけない、小児科の医者としてはそう思うんですね。

高——ある農家の方からうかがった話で、都会の子どもたちが農村に来て合宿をし、農村の人たちと交流するということをやっているんだそうです。そのとき、子どもたちをパンツ一丁にさせて、田んぼで泥んこ遊びをさせるという。これは半端な泥んこではない。そして、そういうすごい泥んこでさんざん遊ばせてみると、子どもたちの、田んぼとか、稲とか、お米とか、ご飯を見る目が変わってくるというんですね。ある子どもたちは、一膳のご飯茶碗の中には一体何粒のお米があるんだろう、という問題意識をもった。私なんかは生まれてこの方、ご飯の米粒が何粒あるかなんて考えたこともない。そういう問題意識をもったというだけで仰天しましたが、それをみんなで手分けして数えたというんです。そうしたら一八〇〇～二二〇〇粒あった。すごいもんですね、これはちょうど稲一株分にあたるんだそうです。このようにして、土と水と稲と毎日食べているご飯とのつながり、その全体の感じを身をもって知ることができたというんですね。

先ほど先生が、サン＝テグジュペリにも小川の水に足をつけたりした幼児体験があったのではないかとおっしゃいましたが、私もそういうことが猛烈に大事だと思います。現代、情報でがんじがらめになっているこの時代に、そういうことの突破口をどこに開いていくか。これは猛烈に真剣に討議しなければならない問題だと思うんですね。

親鸞は「自然法爾」という言葉を説明するのに、

南無阿弥陀仏とたのませたまひて迎えんと…[*30]

と言っていますが、これを私の言葉で翻訳しますと、「南無阿弥陀仏を通さずしては自然法爾は人間には永久にわからん」という捉え方だと思うんです。「南無阿弥陀仏」は一つの言葉には違いないけれども、それ自体に意味はない。むしろ意味の世界を完全に打ち壊す象徴的な表現です。そういう一つの象徴を通して初めて人間は本物に接することができる。ということは、逆に言うと、亡くなった人を通さずしては、人間は本当の生を感じ取ることができない。亡くなった悲しみ、死者を通して初めてそちらの世界に歩み出ることができるのではないか。私にはそういう思いが非常

＊30　前掲（＊21）の『末燈鈔』第五章の「自然法爾の事」による。引用箇所を含む一文全体は次のとおり。「自然といふは、もとよりしからしむるといふことばなり。弥陀仏の御ちかひの、もとより行者のはからひにあらずして、南無阿弥陀仏とたのませたまひて迎えんと、はからせたまひたるによりて、行者のよからんとも、あしからんともおもはぬを、自然とは申すぞときて候ふ。」

に強くあります。

◆4◆ 生が見えなくなった時代

細谷——先ほどの『わすれられないおくりもの』という絵本の中には、アナグマは死んだけれども、今もいるような気がする、というようなことが書かれています。もちろん、ことはアナグマだけではなく、亡くなった人全体がこちら側に送ってくれるメッセージというのがあるはずで、漠然とでもいいから感じることができればいいのですが、実はそれさえも人間にはなかなか難しい。かえって、アナグマのように、身近で、自分にとてもよくしてくれた人が亡くなったときに、その人のことを考えたり思い出したりすることを通して、人間の存在そのものの根源を深く感じ取ることができる。人間がどういうものであり、また、どのように生きなければならないかについて教えられることが多い。そのための一つの手立てであるということても大事な意味が個人の死にはあると思うんですね。ところが今はそれさえも「亡くなったらおしまい」みたいな感じになってしまっています。

それから自然の次に大事なのは、人間が生きてきたエッセンスみたいなものを感じ取ることではないでしょうか。今は読む子もあまりいないようですが、「偉人伝」というのがありますよね。自我ができあがる十二歳とか十三歳といった若いころに、昔の偉い人たちの話を読んで、人間というのはこんな生き方もできる、あんな生き方もできるんだと感じたり、人間が今まで積み上げてきたいろいろな大切なもの、魂ともいうべき純粋なものを感じ取るという経験はとても大事で、そういうことがもっとあっていいと思うんです。

高――今のお話をうかがって思い出すのは私の死んだ子どものことです。[*31]十二歳で死んだのですが、その死んだ年に彼が書いた「じぶん」という詩の中に、

みんな
しんじられない
それは
じぶんが
しんじられないから

＊31 岡真史（おか・まさふみ）。昭和三十七年（一九六二年）～昭和五十年（一九七五年）。高史明氏と岡百合子氏の間に生まれるが、中学一年生で自死、十二歳九カ月の生涯を閉じる。死後、残された詩をまとめた詩集『ぼくは12歳』が出版される（岡真史『新編　ぼくは12歳』筑摩書房（ちくま文庫）、一九八五年）。

という言葉があるんです。他方、奇しくもちょうど死ぬころに読んでいた本が夏目漱石[*32]の『こゝろ』[*33]だったんですが、その『こゝろ』の主人公も同じようなことを言っています。

「信用しないって、特にあなたを信用しないんじゃない。人間全体を信用しないんです」

…………

「私は私自身さえ信用していないのです。つまり自分で自分が信用できないから、人も信用できないようになっているのです。自分を呪うよりほかにしかたがないのです」

しかも息子はそれを書き写したわけではなく、完全に自分の言葉にして詩に書いている。ここから私は、十二歳の子どもと、漱石最晩年の作品である『こゝろ』の主人公の言葉が同じだということは、人間の非常に深い感性においては、人間になったとたんの人間、自我が成立したばかりの人間と、自我を追求して一生を終えた優れた作家である漱石とが、同じ一つ

＊32　夏目漱石（なつめ・そうせき）。英文学者・小説家。慶応三年（一八六七年）～大正五年（一九一六年）。名は金之助。江戸牛込生まれ。東京帝国大学卒。第五高等学校教授。明治三十三年（一九〇〇年）英国に留学、帰国後東京帝国大学講師、のち朝日新聞社に入社。明治三十八年（一九〇五年）『吾輩は猫である』、次いで『倫敦塔』を発表して文壇の地歩を確保。日本の近代を深く洞察し、知識人の内面を描出した作品を次々に発表。近代日本文学の確立に尽くした代表的な作家。著書は左記のほかに『坊っちゃん』『草枕』『虞美人草』『三四郎』『それから』『門』『彼岸過迄』『行人』『こゝろ』『道草』『明暗』など。

＊33　夏目漱石の小説。大正三年（一九一四年）「東京朝日新聞」連載。友人を裏切った罪に苦しむ主人公「先生」が、自己否定の末に自殺する物語。『行人』の発展で、孤独感や人間憎

のものを表現しうる世界があるんじゃないかと思ったわけです。

細谷――最晩年の漱石の心の世界というのは、亡くなられた息子さんの世界みたいにピュアなものではなく、もっともっとドロドロしたものだったのではないでしょうか。ただ、作品の中で登場人物の一つのキャラクターとして作り上げようとした自我が、たまたま息子さんの自我に近かったというのは非常に興味深いことですよね。

高――たしかに人間は歳をとればとるほど経験や知識の量が増えていきますので、人間を中心にみると年齢差による違いは大きいのですが、命という根本テーマに関しては、自我が誕生したときの人間も、それ以降を生き自我を追求していく人間も、早く死んだ者も、歳をとって死んだ者も、だいたい同じ領域を生きているのではないでしょうか。そういう一番大事な問題に関しては、本来は子どもも大人と対等に渡り合えるのではないかと思うんです。ところが今の時代は、学習だけではなく遊びまで含めて全部、大人が作った階段があまりにも精密に、しかも抽象的な世界でできあがってしまっていて、子どもが大人と対等に渡り合える場所がない。文明そのものがある意味で非常に危機的な状況に立ち至っていると私は思いま

悪の念に救いがたい絶望を感じ、自己否定に駆り立てられる近代知識人の個人主義思想の限界を把握した作品とされている。引用の箇所は「上　先生と私」十四節から。

す。

漱石の『こゝろ』の前の作品は『行人』[*34]でした。その中で主人公の「兄さん」は自分の苦しみを次のような言葉で語っています。

自分のしている事が、自分の目的《エンド》になっていないほど苦しい事はない。

人間という存在は目的を立てることができるけれども、することがその目的と一致しないというのは漱石自身の根源的矛盾だったと思うんですね。

言われた主人公の友人はしかし、そこにそういう人間の矛盾が表現されていることに気づかずに、

目的でなくっても方便《ミインズ》になれば好いじゃないか。

と慰めるのですが、兄さんは、

＊34　夏目漱石の小説。大正元（一九一二年）〜大正二年（一九一三年）「東京朝日新聞」に連載。妻を信じることができず、自己中心的な生き方をする学者長野一郎を通じて、自意識に悩む知識人の孤独を描いた作品とされる。引用の箇所はいずれも同書三一・三二節から。

ある目的があればこそ、方便が定められるのだ。

と答えたうえで、

人間の不安は科学の発展から来る。

というふうに、個人の領域での矛盾を科学という時代全体の矛盾に置き直すんです。そして結びの言葉は、

どこまで伴れて行かれるか分らない。実に恐ろしい。

なんです。この作品は一九一二年に発表されたのですがそれからわずか三十三年にして原子爆弾の業火がありました。それからしても、この九十年足らずの間に「実に恐ろしい」ことが私たちの日常になってしまったんじゃないかと私は思うんです。

そういう意味で、科学そのものを否定するのではなく、科学そのものの

総体が乗っているレールを、今までのような科学万能・生者万能の科学意識から、根本的に新しい意識へと敷き直すことがあっていいように思うんです。原子物理学者の朝永振一郎先生は著書の「科学と文明」の中でゲーテの科学への批判を紹介していましたが、芸術家の深念がつめられた有益な科学論と思う。ドストエフスキーの「罪と罰」でもラスコーリニコフの理性の問いに対峙していたのは大地性でしたね。

ところで、これは笑い話ですが、ある若いお坊さんに尋ねたことがあるんです。とても良心的で、本当に優れた、一生懸命な方だったものですから、「出棺のときにどういう思いで念仏を称えますか」と聞いたんです。そうしたら、その答が「長い間ご苦労さまでした、南無阿弥陀仏」だった。これに私は違和感を感じたので、そのお坊さんに言ったんです。「苦労しなきゃいけないのは生き残っているあなたのほうなのだから、あなたが向こうに『ご苦労さま』と言うのは筋が違うんじゃないか。むしろ向こうのほうが『ご苦労さま。どうぞ真の〝いのち〟を生きて下さい』と生き残ったあなたに言っているのだから、それが念仏なんだから、あなたのほうは『ありがとうございます』と言うつもりで念仏を称えなければいけないんじゃないか」――こう言ったら、それがどうしても通じないんですね。やっぱり「ご苦労さまでした、南無阿弥陀仏」だという。仏教もいつの間にか生者中心の現世利益の方便になっているんですね。やはりこれからの時代転換にあたって、ヨーロッパで生まれた価値観との葛藤の中で本当に深く考えないと、仏教の側もなかなか話が噛み合ってこないという気がしますね。

細谷――向こうから「ご苦労さま」と言われる感覚というのは、わからなくはないですね。

高――そうですか。年中言われている感じがしますか。

細谷――子どもを看取るときは「痛くて大変だったね」という気分で送ることのほうが多いのですが、同年代とか少し年輩の方が亡くなるときは、置いていかれた者の辛さという感覚があって、向こうが「まだまだ頑張らなきゃいけなくて大変だね」と言ってくれているような気がします。

高――小さい子どもをたくさん看取ってこられた感性がそういうところで生きてくるのでしょうか。

細谷――どうなんでしょうか……。大人と子どもとでは、同じ看取りでもやはりちょっと違うような気がしますね。子どもを看取るときは、自分で自分のことを健康的だと思えるんです――この感覚は現代の生者中心の感覚に近いものだと思いますが。「大変だったけど、これから私がちゃんとやるから、もうあっちで楽にしてていいよ」という感覚で子どもを送るような気がするんですね。しかし同じ歳か、ちょっと年上ぐらいの人が亡くなると、「先に行けていいなあ」という感覚をもつことがあります。若いころはそういうことはありませんでしたが、このごろそういうことをとみに感じるようになったのは、やはりたくさんの子どもを先に送ったからなんだと思いますね。

高――お釈迦様は「生老病死の四苦」が出家の根本動機になったと言われていますね[*35]。「老病死」が「苦」であることはわかりやすい。ところが、生者中心の現代人にとっては「生」がどうして「苦」なのかわからない。それで「老病死」をなんとか遠ざけようとするのが現代のありようですよね。だから「死」を忘れて「生」の最後まで行くわけですが、しかし考えてみると、なぜ「老病死」が「苦」になるのでしょうか。「生」があれば当然「老」があり、「病」もあり、行き着く先に「死」があるわけですか

＊35　いわゆる「四門出遊」説。釈迦族の王子シッダールタが、東南西北にある四つの城門から郊外に遊びに出かけたところ、それぞれ老人・病人・死人・出家者を見かけ、心に深く感じるところあって、出家を志したとする伝説。

ら、本来からみれば「死」は「苦」でないはずなわけですよ。しかし「苦」になる。それは、「生」そのものが「自然」を見失い、あるいは転倒していて「苦」になるからだと思うんです。どうして「生」が「苦」になるのでしょう。ヨーロッパ近代の考え方は、自然を対象化し、物事をすべて「生」と「死」に分裂させて真理を把握しようとする。現代人が拠って立っているそういう基盤が「生」を「生」にしていないんだと思うんですね。そういう自分に気づかずして「老病死」だけをくだくだと遠ざけようとするから、実際は「生」そのものが丸ごと見えなくなってしまっているのではないでしょうか。細谷さんは「死を忘れた時代だ」とおっしゃいましたが、それは同時に「生が見えなくなった時代だ」と私は思いますね。

細谷——「生」は光り輝いていないといけないといった思い込みがあると思うんです。亡くなっていく子どもたちをたくさん見ていて、またその子のお父さんやお母さんのことなどをいろいろ考えると、生きていることというのは大変なことだ、「老病死」よりも「生」のほうが大変だと思うこともよくありますね。でもそういう感覚は今の若い人たちにはなかなか生まれないかもしれない。自然とか、そういう自分よりもっと偉大な力があるという感覚、本当はあんまり生きたくないのに生きなければいけない人たちがいるという感覚も、なかなかわかってもらえない。死ぬのを見るのが嫌だという医者が増えているような時代ですから、よけいにそう思いますね。

高――そうですね。母親の眼差しも知らずにお乳をもらい、喃語を知らずに言葉の世界に入って、あとは記号でがんじがらめになってしまうと若い人には真の意味の体験がない。思春期には切実に求めるようになると思うのですが、その道筋がわからないんですね。一粒の種が双葉になり、四つ葉になる。それが「生」の原点ですね。その原点がない。

うちの子はビートルズ[*36]が好きだったんですよ。生の感性が非常に鮮明だったのでしょうか。彼は平和運動にも積極的でしたね。あのころの若者のビートルズに対する傾倒の仕方。それから、これはもっと後ですが、亡くなった尾崎豊[*37]――何もかも失い、失ったという感覚すらないこの若者の、それでも生きているというところから絞り出されてくる声が現代の若い人たちに深く共感されているように思えました。ただ、これはどこへ流れていくのかわかりません。

＊36　The Beatles（ザ・ビートルズ）。英国のロックグループ。リヴァプール出身のジョン・レノン、ポール・マッカートニー、ジョージ・ハリソン、リンゴ・スターの四人が一九六一年頃結成。若者らしい心情を託した歌、電気楽器を用いた軽快な音楽で世界的なアイドルとなった。一九七〇年解散。代表曲は「Yesterday」「Help」「Let It Be」など。

＊37　尾崎豊（おざき・ゆたか）。歌手。昭和四十年（一九六五年）～平成四年（一九九二年）。東京生まれ。青山学院高等部在学中に音楽活動を開始。「愛」「自由」「生きる意味」を問いかけ若者から絶大な支持を得た。代表曲は「十七歳の地図」「I Love You」「卒業」「Oh My Little Girl」など。

細谷――ビートルズなんかは一時そういう機械文明に反発して、表層的だったかどうかは別として宗教に深入りし、インドに行ったりインド音楽にはまったりしたメンバーもいたんです。それも自然を求めた一つの流れだったんだと思います。そういうビートルズの影響なんかもあって、米国がヒッピーで一杯になったときは、インドへの憧れというものが相当強くあったと思うのですが、そういう傾向もいつの間にかまた薄くなってしまいました。そちらへの回帰がもう少し起こっていればもっと面白かったかもしれません。

高――なるほど、なるほど。そういう意味で死をしっかり見つめていけば、試行錯誤をしながらも、次のステップが見つかるかもしれませんね。

細谷――山本周五郎[*38]の『赤ひげ診療譚[*39]』という小説の中に、赤ひげが、医者になったばかりの非常に上昇志向の強い若者に、長屋のおじいさんの臨終を看取らせる場面が出てきます。今まで人が死ぬのをじっくり見たことがないという若い医者に、「人が死ぬというのはこういうことだから、よく見ろ」と言ってずっと側につかせるわけですね。そのおじいさんはだんだん弱っていくのですが、最期は非常に神々しい感じで死に、それを見

＊38　山本周五郎（やまもと・しゅうごろう）。小説家。明治三十六年（一九〇三年）～昭和四十二年（一九六七年）。本名、清水三十六。山梨県生まれ。取り残された人間の哀歓を汲む技法と作風で大衆文学の地位を高めた。代表作は『樅ノ木は残った』『青べか物語』『さぶ』など。

＊39　山本周五郎の小説。昭和三十三年（一九五八年）「オール讀物」に連載。江戸時代、貧しい町人のための医療施設小石川養生所を舞台に、上昇志向の強い若きエリート医が、貧しい最下層の人々との出会い、診療所の医長「赤ひげ」との魂のふれあいを通じ成長していく姿を描いた作品。

せられた若い医者は非常に感動するというエピソードなんです。こんなことが念頭にあったものですから、人が死ぬのを見たくないなどという医者が人の命を扱うなんて非常に不遜なことだと思って、この間ひとりで僕は怒ってしまったんですけど。

高――今のお話をうかがって私は自分の父親のことを思い出しました。自分の親兄弟や妻にも早く死に別れ、子どももよそに引き取られたり、やっと育てても家を出てしまう親不孝者だったりで、いいこと・楽なことには一生まったく縁のなかった人ですけれども、最晩年は、昼間はリヤカーを引いて町中の古新聞など、屑を集める屑屋さんを生業にして辛うじて食いつないで、それから、仕事が済むと子どもたちと鬼ごっこをして遊んでいた。そして自分の死期が来たことを悟ったときは最後の一週間ぐらい食を断って死んだらしいんですね。父は人生を非常に深く生きた人だと思うのです。その一生からは教えられることがたくさんあるのですが、死をしっかりと見つめる、ということもその一つです。

例えば日本が敗戦を迎えたとき支配者（日本人）と被支配者（朝鮮人）との関係が逆転したわけですが、そのとき父が何を言ったかといいますと、

「日本が勝っていたとき朝鮮は大変だった。そのとき日本は助けてくれなかったばかりか、自分たちは非常にひどい目にあってきた。今は日本が大変なときだ。立場が逆転したからといって、かつて自分たちが助けてもらえず非常に苦労したのと同じことを日本に対してすることができるか。かつて助けてもらえなかったからこそ、今度は日本を助けなければいけない」。これが親父の哲学だったんですね。

朝鮮には「恨《ハン》」というものの考え方があります。[*40] 趙ヨンピルの歌にも「恨の五百年」というのがありますが、しかし恨が五百年も続きますと、[*41] 恨んでいる感情なんてなくなってしまうんじゃないでしょうか。彼我に分け、生者と死者の関係で分けて、「あいつがした」「こいつがした」と考えていくのではなく、むしろ、人間というのはそういう存在なんだからということで、それが丸ごと自分の存在になってしまうと、そこから逆に、人間は相互に助け合わなければいけないという一つの深い心性になっていくのではないかと思うんですね。

漱石は『行人』で、

＊40 han（ハン）。朝鮮語。発散できず、内にこもってしこりをなす情緒の状態をさす語。怨恨、痛恨、悔恨などの意味も含まれるが、日常的な言葉としては悲哀とも重なる。韓国民衆の被抑圧の歴史が培った苦難・孤立・絶望の集合的感情であると同時に、課せられた不当な仕打ち、不正義への奥深い正当な怒りの感情。韓国の抵抗詩人金芝河は、恨こそが民衆の抵抗の根源的活力であるとしている。

＊41 李成桂（イ・ソンゲ、一三三五年～一四〇八年）を太祖とする李氏朝鮮の五〇〇年にわたる悪政を指す。李朝二十七代の王のうち、ハングルを創製した世宗大王の時代を除いては、同族相食む血を血で洗う権力争奪戦に明け暮れ、国民の生活を顧みることがなかった。事大

死ぬか、気が違うか、それでなければ宗教に入るか。僕の前途にはこの三つのものしかない。[*42]

ということを見届けています。『行人』が一九一二年に発表され、朝鮮併合[*43]が一九一〇年であったことを考えますと、人間の根源的矛盾という点では、朝鮮人の苦しみは実は日本人にとっても同じ普遍的な苦しみであるというふうに、漱石は受け止めていたのではないかと思うんですね。そうすると、人間の生死という問題をしっかり見届けたときに初めて、自他の関係、国の関係、時代の問題を超えることが可能になるのではないかという思いがあります。

主義により大国、明や清の制度を導入し、従属的地位に甘んじた。法治国家でなく人治国家であり、庶民にとって恨の五〇〇年であった。

＊42　前掲書（＊34）『行人』三十九節からの引用。

＊43　朝鮮支配を企図した日本が、一九〇四年以降韓国の内政・外交権を次第に掌握した末、一九一〇年八月に日韓併合条約により韓国を日本植民地化し、朝鮮総督府を置いて昭和二十年（一九四五年）の敗戦まで領有したこと。韓国併合ともいう。

◆5◆　宗教の再生

細谷――今グローバリゼーションが叫ばれ、世界中が同じ方向に向かって動かなければならないといった考え方がありますが、それを提唱している先進国はほとんどがキリスト教をベースにした文明を誇っています。そうしますと、生と死について考えるときも、西欧的で父性的なものの考え方――生きることだけが根本で、死ぬのはそれに付随してくるのだといった考え方――が非常に強い影響力をもっているように思います。これに対して日本および仏教の影響を受けたアジア各国の人々には、むしろ死をとおして生を考えるといった考え方がしみついていて、そのほうがすっきり入ってくるような気がするんです。それで今、世界とともに人間の生と死の問題を考えていこうとするときに、私たち日本人は日本人だけの死生観でものを考えていったほうがいいのか、それとも西欧的な考え方を受け入れつつ新しいものを創らなければいけないのかと迷うのですが、そのあたりはどのようにお考えになりますか。

高――私に語る資格はないのですが、ただ体験としては、子どもが亡くなったときにずいぶん聖書を読んだんです。そのとき一番心に沁みたのは旧約聖書の「ヨブ記[*44]」でした。すべてを失ったヨブはしだいに神への信仰まで失っていく。そして、批判者から「やっぱりおまえの信仰はインチキだったんじゃないか」と言われてしまう、そのとき初めて神が現れてきた、という話になっていたと思います。

あるいは新約聖書でも、「マタイ福音書[*45]」でキリストが十字架につけられるところがありますね。そのとき、神の子であるはずのキリストが神に向かって、

「わが神、わが神、なぜわたしをお見捨てになったのですか。[*46]」

と疑いの言葉、ある意味では決別の言葉を投げかけるのですが、その瞬間が実はキリストがキリストになっていく時として語られているように思うんです。

共通して言えることは「この世で持てるものがすべてなくなる」ということですね。〝持てるもの〟ということの意味が確立するというか。「マタ

＊44　古代イスラエル民族の宗教的文書である「旧約聖書」三九文書群の中の一書。義人ヨブの苦難の物語を通して、なぜこの世界に理由のわからない苦しみがあるのかを問う。

＊45　キリスト教正典のうち旧約との対比で「新約」聖書と呼ばれる二七文書群中、イエス・キリストの生涯と言葉を記述した四「福音書」のうちの一書。ユダヤ教から改宗したキリスト者に特に留意して編集されており、イエスが旧約の約束と待望の成就であることが力説され、その教えは五つの大説教の形で紹介されている。

＊46　『マタイによる福音書』二七・四六からの引用。この節の全文は、「三時ごろ、イエスは大声で叫ばれた。「エリ、エリ、レマ、サバクタニ。」これは、「わが神、わが神、なぜわたしをお見捨てになったのですか」という意味である。」（新共同訳聖書、一九八七年）

イ福音書」には、人間を照らす光があります。そこはキリスト教も仏教も同じようなところがあるんじゃないでしょうか。逆に仏教でも、仏教という教えがいつの間にか現世利益の方便としての学問になってしまう。これは人間のもっている業みたいなものですね。

例えば日本の仏教の歴史で言うと、浄土教の生まれる過程には源信[*47]、法然[*48]という方がいらっしゃいます。法然は、それまで護国仏教としてあった仏教の流れの中で、民衆を含めた万人が助かる仏の願いを見つけ出した人で、助かるためには念仏一つでいいということを提唱したわけですが、これは「華厳経[*49]」に拠って立つ明恵[*50]にしてみれば仏教を否定するにも等しいことでした。華厳はある意味では非常に精密にできた仏教的世界観の体系でもあって、例えば「三界唯心《さんがいゆいしん》」という言葉は、世界はただ心にある――まるでデカルト[*51]のコギト[*52]のような世界観です――という立場を表現しており、「一切は即一、一は即一切」という言い方で万物が心においては平等であることをみるわけですが、その境地へ至るには猛烈な精進がいる。ところが法然からすると、万人がそんな精進できるわけがないから念仏一つでいいと言って、既成の仏教を猛烈に批判しているわけです。親鸞はそう

＊47　源信（げんしん）。平安中期の天台宗の学僧。天慶五年（九四二年）～寛仁元年（一〇一七年）。通称、恵心僧都。大和の人。良源に師事し、横川に隠棲、『往生要集』を著す。本書は、多くの経論から地獄・極楽のありさまを示した経文を引用し、往生のためには念仏すべきことを説いたもので、浄土教の理論的基礎となった。また、念仏結社「二十五三昧会」を創設して自著の理念を実践した。著書はほかに『一乗要決』『観心略要集』『阿弥陀経略記』など多数。

＊48　法然（ほうねん）。浄土宗の開祖。長承二年（一一三三年）～建暦二年（一二一二年）。諱は源空。美作（岡山県）の豪族の家に生まれるが、九歳のとき出家。十五歳で比叡山に登り、天台思想を学び、一切経に精通した。四十三歳のときに善導の『観無量寿経疏』によって念仏の道を見いだし、浄土念仏の普及に専念した。著書は『選択本願念仏集』など。

した法然の考え方をずっと深めていき、最後は「自然法爾」にまで行き着くわけですが、その自然法爾も親鸞の場合は「南無阿弥陀仏とたのむ」という一言が入っているんですね。これは非常に大事なことだと私は思うんです。「持てるものすべてがなくなったときに、本当の命が蘇ってくるのだ」ということを、亡くなっていく人に教えられるということがあるんだと思いますね。「往相即還相」ともいう。

神を実体化し、その神が世界を創造したところから始まった宗教としてキリスト教を捉えると、仏教を信じる者はどうしても異端になってしまいますが、しかしそのキリスト自身が自分の命を終えるときに、「わが神、わが神、なぜわたしをお見捨てになったのですか」と叫ばざるをえなかった、そこのところから実はキリスト教は始まるんだと考えますと、洋の東西で、同じような時代に生まれ、そして深められてきた共通の原点があるのではないかと私は思うんです。

仏教もある意味では体系化されて、これだけのものを勉強しなければだめだというような側面があり、そういうその側面も決して否定するものではありませんが、他方、禅で言えば「不立文字《ふりゅうもんじ》」*53、浄土教で言えば「念仏」

*49 代表的な大乗教典の一つ。西暦四〇〇年頃、西域のコータンあたりでまとめられたと推定される集成経典。「悟り」を根本テーマとし、人々が菩薩としての自覚をもち、その境地を深めていって、ついに仏の悟りに到達する、その筋道を開示することを狙いとしている。宇宙的なスケールで、大宗教劇の構想のもとに展開されている。この中で「三界唯心」の考えは「十地品」の中に見られ、三界（衆生の世界）はただ心の所作であって、すべては虚妄であるという意味。

*50 明恵（みょうえ）。鎌倉旧仏教を代表する華厳宗の僧。高山寺の開祖。承安三年（一一七三年）～貞永元年（一二三二年）。東大寺で出家し、華厳教学も学んだが、当時の仏教界の世俗性に不満をもち、隠遁して修法と研究に励んで、華厳と密教を柱として独自の教学を確立した。後鳥羽院や北条泰時ら貴顕との交渉も多い。夢を修行の導きとする『夢記』などでも知られる。著作は『唯心観行式』

というような形でまだ流れが出てきています。キリスト教も体系化され、ヨーロッパの歴史を通して異端と正統の血みどろの戦いを経てくるなかで、聖書の本来の意味が薄まって近代文明と結びついたところがあるので、東西の宗教はあまりにも違いすぎるのではないかと受けとられがちですが、原点に戻れば同じで、話し合いができるんじゃないかと私は思うんです。

細谷——なるほど。『わすれられないおくりもの』も英国の作品です。根っこは同じ感覚で世界中どこにでも同じような考えの人たちはいる、ということなんですね。

高——そうですね。キリストもマタイ福音書にみえるあの「叫び」がなかったら復活はなかったと思いますね。キリスト教の関係者から怒られるかもしれませんけれども。

細谷——生と死の問題をはじめ、現代世界が抱えているいろいろな問題をもう一度根本から突破していく道筋を、具体的にはどういう方向に探っていけばいいとお考えでしょうか。

高——私の考えていることはきわめて明快です。要するに「南無阿弥陀仏

『仏眼仏母念誦次第』のほか、法然を批判した『摧邪輪』など。

＊51 René Descartes（ルネ・デカルト）。フランスの哲学者・数学者。近代哲学の父と称される。一五九六年～一六五〇年。スコラ学への不満から、直観と演繹による新たな科学方法を提唱。形而上学では、確実な手がかりを得るためにはまず一切を疑い、疑いえぬ真理の基準として「考える自己」を見いだし（われ思う、ゆえにわれあり）、そこから精神と物体とを相互に独立し実体とする二元論の哲学大系を樹立した。著書は『方法序説』『省察』『哲学の原理』『情念論』など。

＊52 cogito（コギト）。ラテン語で「私は考える」の意であるが、ここではデカルトが方法的な懐疑を経て到達した根本原理Cogito, ergo sumを指す（原語はフランス語でJe pense, donc je suis「われ思う、ゆえにわれあり」）。これは意識する自我の確実性を一切の認識の確実性の拠点とする考えであり、

とたのませたまひて」で、「たのむ」というところを通して自然を見る、そして自分を見る、ということです。自然と自分とは、今のところは分裂した自他の関係ですけれども、「南無阿弥陀仏とたのませたまひて」ということが日常的に積み上げられ、深められていくと、物事を見る目が変わってくるのではないかと思うのです。

例えば「死」というと、「人間が死んでいくこと」だと考えられていますね。しかし実は、「死体」はよく見えていても、「死」は見えていないのではないか。にもかかわらず、人間は「死体」を見て「死」を見ているつもりになってしまっている。これが「死が忘れられた世界」の実態で、そこでは教育もその他のさまざまな生産活動もすべて生者中心の価値観で生活のシステム全体が作られてしまっています。

しかしそういう人間の目ん玉も、日常の念仏を通してその日その日の仕事をしていけば、だんだんと見る目が変わってくるのではないでしょうか。いつも南無阿弥陀仏から始まり、それが蓄積されていけば、その蓄積は感性を絶えず生まれたての状態にしておくことができるのではないかと思うんです。そのような新生、常に新しく生まれることによって、本当に新し

近代の合理主義および観念論の礎石となった。

＊53「教外別伝」「不立文字」「直指人心」「見性成仏」の四句に組まれて禅宗の標識とされる。ただ仏の心印を伝えるのみの禅宗は何らの文教にも関わらないことを主張するもの。

い世界を創り上げていくことができるのではないでしょうか。

そういう意味では、法然や親鸞が「念仏一つでよい」としたことは、これはただごとではありません。親鸞は『教行信証《きょうぎょうしんしょう》』*54の「信巻」の「序」において聖道門《しょうどうもん》、*55を

自性唯心《じしょうゆいしん》に沈みて…*56

という言葉で捉えています。「自性」というのは自らの存在根拠が自分自身であるような存在のことです。神は、誰から創られたわけでもなく、自分自身が自分の存在根拠であるので、つまり「自性」ですが、仏教ではそれを「唯心」つまり「ただ心にある」というふうに見るわけです。華厳経の世界ですね。仏教は精密な体系を作ってゆき、ついに華厳経にまで行き着いた。そのことをしかし親鸞は「沈み」と表現している。これは「囚われてしまう」ということです。つまり、「これが真理だ」と言ったとたんに真理は真理でなくなってしまうことを見抜いているんですね。そうならないためには念仏が必要だ。念仏なくしては、「やはり真理は真理だ」

*54 親鸞の主著。教・行・信・証・真仏土・化身土の六巻よりなる。正式の書名は『顕浄土真実教行証分類』で、浄土の真実の教・行・証を明らかにする文章を集めた書という意味。本書の大部分は経典や先人の著作の引用からなるが、引用の仕方や読み替え、私釈などから親鸞独特の思想がうかがえる。法然の「行」に対し親鸞の立場は「信」に特徴があり、この意味で「行巻」から「信巻」への展開は法然から親鸞への展開を示し、「信巻」が本書の核心をなすものとされる。

*55 現世において証果を得んとする自力門。

*56 『教行信証』顕浄土真実信文類序からの引用。第二節の全文は、「しかるに末代の道俗・近世の宗師、自性唯心に沈みて浄土の真証を貶す、定散の自心に迷いて金剛の真信に昏し。」

（真宗聖典、一九七八年）

と言い張るようになってしまう、念仏は阿弥陀の願いの実践です。阿弥陀の願いであり、私たちの実践です。これが親鸞の基本思想です。これは世界的にみても、ヨーロッパ文明の流れとの共通世界を開く非常に重要な立脚地であり、あらゆる現実的な問題もここから開拓することが可能なのではないかと思います。

細谷――囚われずにものを見ると生と死も違った色彩をおびてくることはおぼろげながら実感できます。「死者の側から見られる」というお話がありましたが、それはどういうことでしょう。どのようにしたら、そういうことが可能になるのでしょうか。

高――死者と生者の対立が最初に消えるのは悲しみのどん底でです。悲しみに落ちますと、その悲しみの渦のど真ん中では、生者・死者として整然と分かれていたものが渾然一体になってしまうんです。生者も死者もなくなっちゃうんですね。「衆生縁」が「法縁」となってくる。

具体的な様相で見ますと、本当に死者と生者が一体になると、人間というのは棺桶にすがりついてでも泣いて引き止めようとする。あるいは自分が棺桶の中に入っていこうとさえする。生と死を分裂させている最初の壁がこんなふうに破れるのは、特に親しい人が亡くなったときですね。

ただ、たとえその最初の壁が破れても、人間はしばらくするとその悲しみを忘れてしまいがちです。元の生者の世界に舞い戻ってしまい、悲しみとしてあったはずのものが、「楽に、早く、安心して浄土へ行ってください」といった死者供養の形に堕落してしまう。「法縁」の私物化です。挙げ句の果てには、いわゆる葬式仏教と言われるように、その悲しみを商売の種にするような罪深いことさえ人間はしかねない。生きている人間にはそれぐらい強烈に生者の論理が働くんです。

しかし、悲しみのどん底で死者と生者が渾然一体となったところを、例えば念仏を通して自らの生の根拠とし、さらに深めていくことができれば、いろいろな変遷を経ながらも、いつしかそれが、死者から見られている生者を誕生させる過程に転化するのではないか。「大悲」が生きてくる。生者が死者を供養するのではなく、逆に死者が生者に語りかけてくるという生の根拠の転換が起きるのではないか。——そういう構造があるのではないかと私は思っています。

だから、最初はやはり悲しみですよ。生まれてきたときは悲しみも何もありませんけれども、一人前になった人間が、悲しみを通さずして生死の転換を遂げることは、これはまず不可能ではないかと思いますね。「小悲」、「中悲」、「大悲」ですね。

金子みすゞ[*57]に「大漁」[*58]という詩がありますね。

朝焼小焼だ　大漁だ
大羽鰮の　大漁だ。
濱は祭りの　やうだけど
海のなかでは　何萬の
鰮のとむらひ　するだらう。

この詩は実に見事に、魚の側から人間の世界を、人間が大漁で祝っているさまを魚の側から対象化し見届けている。そういう点では大変評判のいい詩なんです。しかし私は、このきちんと見届けた人はそれでどこへ行っ

＊57　金子みすゞ（かねこ・みすず）。童謡詩人。明治三十六年（一九〇三年）～昭和五年（一九三〇年）。山口県生まれ。本名金子テル。大正末期にすぐれた作品を発表し「若き童謡詩人の巨星」とまで称賛されながら、二十六歳の若さで自らの命を絶つ。死後その作品は散逸したが、矢崎節夫の努力によりその作品の全貌が明らかにされ、『金子みすゞ全集』（全三巻、JULA出版局、一九八四年）として刊行。

＊58　金子みすゞ全集Ｉ、JULA出版局、一九八四年、一〇一頁。

ちゃうんだろうという気がするんですね。見届けた人に出口がない。そういうふうに見届けている自分が、またどこかから見られているということがなければいけないわけです。そこが言葉と人間、宗教の問題ではないか。そこで宗教に行かなければ生きる場所がなくなってしまうんじゃないかと私は思うんですね。

細谷――金子みすゞは若くして自殺したんですよね。もうちょっと踏みとどまって、もう少し長く生きていたら違ったかもしれないですね。すごく豊かな言葉ですよね。

高――そうです、実に豊かです。正確ですしね。ただ、苦悩があそこまで対象化され、魚から人間を見たのであれば、あともう一歩、その魚から見ている自分が今度はどこから見られているか、そのもう一歩があれば、彼女は死ななくて済んだと思うんですよ。

それから、この詩は人間の言葉できちんと書き割りのように書き分けられていますが、そうすると、書いている本人は生きていかれない。もしこの詩が魚の言葉で書かれていたとしたら、ものすごく豊かな詩の世界が出てきたのではないかと私は思うんです。

うちの死んだ子どもは当時十二歳でしたが、あのまま生きていたとしても、あと二〜三年したら、そういう「出口がない」状態になっていったと思いましたね。人間の言葉の限界について考えますと、表現しても表現しても対象に真に肉迫できないという限界もありますが、反対に、言い切れたときに自らを喪失してしまうという限界もあるように思います。この子は小六のとき、芥川龍之介の「蜘蛛の糸」に共感して、自分をあの極悪人の犍陀多と同じだと言って「ぼくも犍陀多と同じようなことをしたでしょう。自分だけ助かろうとして…。」という読書感想文を書いていましたが、芥川の「極楽」は上にある。人はその極楽に向かって、蜘蛛の糸をたぐり寄せながら上へ上へと昇っていく。ここの極楽の生の形があってそれをうけとめたんだと思うんです。親鸞の阿弥陀は上でなくて、地獄に下っているんです。

細谷——ターミナルケアに携わる医療従事者などには、患者さんの亡くなる悲しみを自分のものにして感じすぎてしまうと、自分自身が燃え尽きて(burn outして)しまうから、ほどほどに距離をとってことに当たるのが専門家としての心構え(professional attitude)だ、といったことが洋の東西を問わずよく言われます。しかし僕は、burn outしてもしかたがない、burn outするぐらいに自分のこととして感じたほうが、やはりちゃんとした仕事ができるのではないかと思っているんです。悲しいことを悲しいと感じて、その悲しみをいつでも思い出せるようにしておくことがとても大事だと思うんですよ。

そのためには、子どものときから自然の中で、肌が焼かれそうな日照りとか、手足が千切れそうな寒さを体で感じたり、世の中には自分の意志ではどうにもならないことがいっぱいあるんだということを体験して、そういう皮膚感覚を身につけることがとても大切だと思うんです。今はすべて人間がコントロールできるような感覚になってしまっていて、自分よりも大いなる存在があることを身をもって感じられる場や機会がなかなかないように思いますね。

そういう場や機会で最も強烈なのは、やはり人が死ぬことですね。これは人間にはどうすることもできない。そこで、人が死ぬときに、自分の人間としての限界をどれだけ感じながらその人と接することができるか、それがとても大事なことのように思えるんです。僕はどれにするといったは

＊59 親鸞の直弟・唯円の著。親鸞の滅後、その教えに異なる解釈が生まれてきたことを嘆いた著者が、自身が聞いた親鸞の

っきりした宗教をもっているわけではありませんが、それでもそういうことは感じますね。

高――毎日子どもたちから勉強させられていますからね。直接死に教えられるということが大事なんだと思います。「生と死」の根っこに立たされて、もう一度、西と東の立脚地の違いを見つめたうえで、その共通点ということにかかわっていますと、私は最近、親鸞の教えの深さを改めて考えているところです。悲しみのどん底で生者と死者が渾然一体となる場面ですね。『歎異抄《たんにしょう》』*59に、

罪悪深重《じんじょう》煩悩《ぼんのう》熾盛《しじょう》*60

というまなざしがありますね。あのまなざしとかかわって、私は最近、人類史全体の根っこを教えられるのです。言葉を私自身に引きつけてゆくと、この私の心身には、人類史始まって以来の闇がどっしりと詰まっているという自覚の戦慄と歓喜ですね。それはドストエフスキー*61の『カラマーゾフの兄弟』*62でいえば、彼がゾシマ長老に託した次の言葉と深く共鳴して

言葉に基づいて、その教えを明記し、異義を批判したもの。一八章よりなり、前半の一〇章は親鸞の法語を記し、後半の八章は諸異義を取り上げて批判している。

*60 『歎異抄』第一章からの引用。第一章の全文は、「弥陀《みだ》の誓願《せいがん》不思議《ふしぎ》にたすけられまいらせて、往生をばとぐるなりと信じて念仏もうさんとおもいたつこころのおこるとき、すなわち摂取不捨《せっしゅふしゃ》の利益《りやく》にあずけしめたまうなり。弥陀《みだ》の本願には老《ろう》少《しょう》善悪《ぜんあく》のひとをえらばれず。ただ信心を要《よう》とすとしるべし。そのゆえは、罪悪深重《じんじゅう》煩悩《ぼんのう》熾《し》盛《じょう》の衆生《しゅじょう》をたすけんがための願《がん》にてまします。しかれば本願を信ぜんには、他《た》の善の要《よう》にあらず、念仏にまさるべき善なきゆえに。悪をもおそるべからず、弥陀《みだ》の本願をさまたぐるほどの悪なきがゆえにと云々」(真宗聖典、一九七八年)。

いると考えられます。

『罪悪の力が強すぎる、あくが強すぎる、環境が悪すぎる、それなのにわれわれは孤独で無力である。悪い環境にさまたげられて、この立派な仕事も完成することができない』などと言ってはならない。諸師よ、こうした気の弱さを避けなければならぬ！　ここにただひとつ救いがある、それは自分をつかまえて、人間すべての罪業の張本人とすることである。諸師よ……。*63

私はゾシマに託されたこの心身的境地は、そのまま、『歎異抄』の結語に通じるのではないかと思うのです。つまり、あの有名な言葉です。

「弥陀《みだ》の五劫思惟《ごこうしゆい》の願《がん》をよくよく案ずれば、ひとえに親鸞一人《しんらんいちにん》がためなりけり。されば、そくばくの業《ごう》をもちける身にありけるを、たすけんとおぼしめしたちける本願のかたじけなさよ*64」

*61　Fyodor Mikhailovich Dostoevskii（フョードル・ミハイロヴィッチ・ドストエフスキー）。ロシアの小説家。一八二一年～一八八一年。シベリア流刑の体験と持病のてんかんから内観を深め、神秘的宗教精神を底流とする病的心理の解剖に独自の境地を開き、十九世紀末の文学や実存主義文学に深い影響を与えた。作品は『貧しき人々』『罪と罰』『白痴』『悪霊』『未成年』『カラマーゾフの兄弟』など。

*62　ドストエフスキーの長編小説。カラマーゾフ一家を描き、長男ドミトリー、次男イワン、三男アレクセイ（アリョーシャ）の三人をめぐる事件を通じて獣的な愛欲や神的愛の葛藤を描いた大作。

*63　『カラマーゾフ兄弟』第六篇、三、（G）「祈り、愛及び他界との接触について」からの引用（小沼文彦訳、筑摩世界文學大系39、ドストエフスキーⅡ、カラマーゾフ兄弟（上）、筑摩書房、一九七四年、二九八頁）。

ここに現代の闇を照らし出している光があると思うのです。長々とありがとうございました。

＊64 『歎異抄』第一八章からの引用。

「メメント・モリ」の時代

―『野ざらし紀行』について

細《ほそ》谷《や》　亮《りょう》太《た》
（聖路加国際病院小児科）

都内で開業しておられる先輩のJ先生からファックスが届いた。

〈私のところに次のようなEメイルがきました。とてもお気の毒に思います。あなたのご専門の領域ですから、できたら知恵を貸してあげてください〉

件のメイルはイタリアから世界中に送られたものらしい。英語とイタリア語で、

〈うちの二歳の娘が副腎皮質がんと診断されて治療を受けています。すでに何種類もの抗がん剤が使われ血液幹細胞移植もやられましたが、病気の勢いはとまりません。診断された時からあった肺の転移巣がどんどん増えて、胸に水もたまって、日一日と息苦しさがひどくなってきています。もう数日しかもたないかもしれないから、残された時間をできるだけ痛くなく苦しくなく良い時間にするように力をあわせて頑張ろうと担当の先生から話がありました。でも私達はどうしてもあきらめきれません。なんとか娘の生命を助けてあげたいのです。もう時間がありません。誰か力を貸してください。助けて〉

と書いてあった。

これは絶体絶命の情況だ。現在の時点で考え得る最も適切なオプションはすでに主治医から提示されている。

J先生に電話をかけた。

「先生、この症例を治そうとしても無理ですよ。主治医も全力を尽くしているようですし、海のこちら側から口を出してもどうにもなりませんよ」

話をしながら、われながら冷たいものの言い方だなと思った。その時にふっと芭蕉の「野ざらし紀行」の中の富士川の辺での捨児との出会いが思い浮かんだ。

富士川の辺を行に、三ツばかりなる捨児の哀しげに泣あり。此川の早瀬にかけて、浮世の波をしのぐにたへず、露ばかりの命まつ間と捨置けむ、小萩がもとの秋の風、こよひやちるらん、あすやしほれんと、袂より喰物なげてとほるに、

猿をきく人捨児に秋の風いかに

いかにぞや、汝父に憎まれたるか、母にうとまれたるか。父は汝を悪むにあらじ、母は汝をうとむにあらじ。唯これ天にして、汝が性のつたなきを泣け。

大学受験のために古文を勉強している時にはじめて読んだ。捨児の哀しい泣き声に「露ばかりの命まつ間」と思い、小萩がもとの秋の風に「こよひやちるらん、あすやしほれん」と言いながら、袂から喰物をなげて通りすぎるだけの芭蕉を医学部をめざしていた十八歳の私は理解できなかったし、もちろん受け容れることができなかった。

だから、その後、中山義秀の名作「芭蕉庵桃青」の中に、美濃大垣についた芭蕉が、船問屋の主人、木因こと谷久太夫の屋敷に草鞋をぬいで、これまでの道中記を見せて、彼の批評をもとめる場面に出あった時には少しほっとした。そこには、

「御承知のやうに、巴峡（揚子江上流重慶附近）は長く、猿の鳴くこと三聲にして、涙は裳をうるほす、と古詩にあるとほり、猿の聲には断腸の感があると申します。富士川の急流を巴峡に見たて、猿のかはりに捨児の泣き聲をもってきたのは、一層凄味があって趣向がきいてゐますな」

と芭蕉の腹のうちをみすかしたかのように捨児の事実を信じない木因に笑いながら、

「は、、、、貴様にはかなひません。素直に信じてもらへないようだ」

と応じる芭蕉がいたからだ。

しかし五十歳を越えた今、私は電話をかけながら、非情な芭蕉とはじめて同化できたような気がしたのだ。

もう一度、文庫本の「野ざらし紀行」をひっぱり出して読んでみた。

冒頭に、芭蕉は、

——貞享元年甲子秋八月、江上の破屋をいづるほど、風の聲そぞろ寒げなり、

野ざらしを心に風のしむ身かな

と記している。野ざらしとは、言うまでもなく野原で風雨に洗いさらされた人骨のことである。

〈野ざらしをこころに〉とは、あまりにも大袈裟なのではないかというむきもあるのだが、そんなふうには思えない。この旅の始まりから芭蕉はようやく本当の「旅人」としての自己を確立したのだ。そのためには彼の旅の一日一日が死と向いあうようなものでなければいけなかった。

「野ざらし」の句から

旅に病んで夢は枯野をかけめぐる

までの句は常に「死」のイメージに裏打ちされている。

前出の木因宅での一句

——武蔵野出し時、野ざらしを心におもひて旅立ければ、

しにもせぬ旅寝の果よ秋の暮

も心から共感できる。

そう言えば、私自身、ケアをしていた二十歳のがん患者さんから、「まだ、死んでないじゃないか」と言われたことがある。

しほちゃんと言う名前のその女の子は大腿原発の横紋筋肉腫で、前の年に手術を受けて、そ

の後、抗がん剤、放射線などで治療されている間に転移が見つかり、コントロール不能となって、本人もすべて承知の上で在宅のターミナルケアが行われている患者さんだった。

最後の日に訪問看護科の婦長から連絡があり、病院のチャプレン（牧師）と一緒にきてくれるようにしほちゃんが頼んでいると言うので同道してもらった。

シベリアへ単身で赴任している父親は飛行機の都合でまだあちらに足止めをくっていたものの、他の家族と、おさななじみであるフィアンセはベッドサイドに集まっていた。たえだえの息の下で彼女は、チャプレンに、

「みんなが私ともうちょっと一緒にいたいから頑張ってと言ってくれる。とてもうれしい。けど疲れた。もう頑張るのはやめたい。そうしてもいいか」

と聞いてきたのだ。チャプレンは、

「あー、もういいよ。しほちゃんはよく頑張ったよ」

と言い、私もごく自然に

「とてもえらかったね、しほちゃん」

と言いそえた。シベリアの父親に電話で「さよなら」と「ありがとう」を言った彼女は次に、

「先生、痛くなく苦しくなくしてくれるって約束してくれたでしょ。痛くはないんだけど、やっぱり苦しいよ。もっと苦しくなくして」

と難問をふっかけてきた。

「あー、そうしようね」

と答えてモルヒネと精神安定剤を分量に注意しながらくり返し注射することにした。ウトウトはするのだが、しばらくすると目をさます。その時に、しほちゃんが言ったのだ。

「なーんだ、まだみんないる。まだじゃないか」

結局、その日の夜に彼女は息をひきとった。

しにもせぬ旅寝の果よ秋の暮

芭蕉の句は「死」に裏打ちされているからこ

その命の大事さがこちらに伝わる。

中学生でも知っている

山路来て何やらゆかしすみれ草

の句も、彼の日常の旅、もちろん死とむかいあった旅を思った上で読むと、涙がこぼれそうになるほどにあたたかい。

私は小児科を選び、一番致命率の高かった小児がんを専門として、もう三十年ほどになる。その間にずいぶん治療も進歩し小児がんも治る病気になってきた。

この頃、私のところでは治る子は若い先生達、治らない子のケアは私という役割分担ができあがりつつある。そして、ここまで来てやっと私は、富士川辺で捨児に喰物を投げて通り過ぎる芭蕉を受容することができた。「野ざらし」のイメージを持ち続けた旅人にとって「露ばかりの命まつ間の捨児」は自分とまったく同じ運命を持つ仲間にみえたのだということが実感できた。

芭蕉の時代は、「メメント・モリ」が日本人の中に自然に根づいていた時代だったのだ。だからこそ大衆は芭蕉のこの紀行文をすんなり受け容れることができたのだと考えたい。

「死を忘れよう」としている時代に生きている私達にとって、この死生観は新鮮である。

（ターミナルケア十巻増刊号、二〇〇〇年、より再掲）

現代世界のどん底に立って

高　史明

二〇〇四年のこの夏、相模湾に近いわが家にも、遠くアテネから五輪祭典の映像が送られてくるようになった。その映像に躍動する世界の若者の姿は、まさに華麗で逞しく思わず喝采を叫ばずにはおれないものだったといえる。平和は実に素晴らしい。ほんとうに素晴らしい。だが、私は今、この素晴らしい祭典に感謝しつつもまた、今なお続くイラク戦争の惨状に思わずうめき声を覚えてしまうときがある。アテネの祭典に喝采を覚えてしまうがゆえに、いっそうイラクの地獄が骨に沁みて感じられてしまうのだ。

米国は、どうしてイラクから撤兵しないのか。思えば、イラク戦争の発端は、二十一世紀初頭の九月に激発された米国での同時多発テロであった。おびただしい数の犠牲者がでた。とりわけニューヨークの国際貿易センタービルの破壊は凄まじいものであった。世界中の人間が、この惨事の前に言葉を失い、釘付けになったのである。

ところで、このとき米国のブッシュ大統領は、このセンタービルの惨事の現場に立って、世界中に宣言したのであった。次の三つの柱がその宣言の骨子である。第一は文明と野蛮の闘いが始まったということ。第二は、その内実を規定して善と悪の戦いとしたことである。そして、ここに「新しい戦争」の開始を告げたのであった。アフガニスタンの猛爆が開始されたのは、その直後からではなかったか。アルカイダがテロの根拠地と見なされたのである。

そして、イラク戦争が勃発したのだ。その大義とされたのは、イラクがテロ組織と連携していること、またイラクのフセイン政権は四十分以内に発動できる大量破壊兵器を所持しており、今即刻イラク攻撃を発動しなければ、世界中が恐ろしい危機に襲われるというものであった。超大国の武力は圧倒的だった。フセイン政権は倒壊した。戦闘服をまとったブッシュがヘリコプターから航空母艦に降りて、世界に宣言した勝利宣言を世界中が目にし、耳にしている。

だが、その結果、いま何が明らかになっているのか。イラクには大量破壊兵器は存在しなかったのだった。国連の調査団がすでに何度も表明していたとおりだったのである。

戦争の大義は、虚構だったのだ。それどころか、米国、それに英国でも、その議会では、今度の戦争の大義とされた大量破壊兵器等の情報が、誤りではなかったかと言われている始末である。虚報から、人間と人間が現実に殺し合う戦争が起きてしまうとは、何ということであるのか。

まことに人間とは、いかなる存在なのであろう。眩しいほどの平和の祭典を前にして、私はつくづくと人間存在の根っこを問わざるをえないのである。人間とは虚構を作り出すとともに自らその虚構に動かされていく存在であるのか。人間のいう文明と野蛮とは何であろう。さらには、その善と悪とは何か。また、文明と善の代表を自認するブッシュ大統領が、この戦争の前に告げた「新しい戦争」とは、何であるのか。ブッシュはその戦争を開示して、何時何処で誰の上にその戦争が襲いかかるか知れない戦争としていた。だが、世界は第二次世界大戦のとき、すでにその「新しい戦争」の時代に突入していたのではないか。

二十世紀は、戦争と革命の時代であったと言われている。とりわけ、第二次世界大戦では、世界中で実に六五〇〇万人からの人が犠牲となったのだった。しかも、その戦争の末期には、広島と長崎に原子爆弾の黒闇が吹き上がっている。この業火の下にあってなお、敵と味方、また兵士と民間人、女と子どもの違いがあったであろうか。この業火は、すべての人を焼き殺したのであった。人類はこのとき、すべて殺し尽くしてゆく新しい戦争の時代に踏み込んでいたのである。

私たちは今日、この絶対戦争の淵にいるのである。ちなみに第二次世界大戦のとき、世界は六五〇〇万人からの犠牲者を生み、その死者のうち民間人は全体の四八％だったといわれている。しかし、戦争はなおも続き、朝鮮戦争のときには、その比率は八四％となり、さらに続くベトナム戦争のときには、ついに民間人の犠牲は九五％に達したと言われているのである。虚構が生んだ現実のイラク戦争は、今日の世界に新しい戦争という名による、さらなる絶対戦争の危機を告知しているのではなかろうか。

そうであれば私たちは、アテネの平和の祭典を真の喜びとするためにも、イラクの戦争をもっと深く見つめていいのである。現代世界が生んだこの戦争と平和、地獄と極楽の同時進行は、果たして偶然であろうか。いや、ブッシュは先の声明の三つの柱に続いて、その後、幾ばくの日も経ずしてさらに核兵器の先制使用をも明言したのであった。虚構の上にさらなる虚構が積み重なっていくのである。現代世界の人間は、いま自らの根源的闇をもって、人間そのものとともに地球全体をも滅ぼそうとしているのではないのか。真に人間存在とは何であろう。二十一世紀を迎えた人間はついに今、人間そのものを問いとすることを、万物のいのちによって求められているのではなかろうか。

思えば、ギリシャは、哲人ソクラテスが生きて、死んだ土地であった。その彼の言葉が、今日改めて思い返される。彼は同時代人から、「不正を行い…悪事をまげて善事となし、かつ他人にもこれらの事を教授する…」と弾劾され、生死にかかわる法廷に立たされたとき、人間の知恵の内実を根源的に開示して、次のように述べたのであった。例えば、一人の政治家との対話を例に取って言うのである。「私達は二人とも、善について美についても何も知っていまいと思われるが、しかし、彼は何も知らないのに、何かを知っていると信じており、これに反して私は、何も知りもしないが知っているとも思っていない…」と。そして、この人間の知恵の無明にかかわって、さらに人間の生と死にまで踏み込んで言うのである。

「死とは人間にとって福の最上なるものではないかどうか、何人も知っているものはない。しかるに人はそれが悪の最大なるものであることを確知しているかのようにこれを怖れるのである。しかもこれこそまことにかの悪評高き無知、すなわち自ら知らざることを知れりと信ずることではないのか」「諸君、死を免れることは困難ではない。むしろ悪を免れることこそ困難なのである。それは死よりも疾く駆けるのだから。」

確かに人間とは、無知の知を真実としているのであった。現代人の数学の絶対化とは、その極みではあるまいか。かつて世界的な原子物理学者の朝永振一郎が、その「科学と文明」において述べた言葉が、ここに思い返されてくる。「私は、科学には非常に罰せられる要素があるんだということ、これは忘れてはいけないいんじゃないかという感じがいたします」と。現代に登場してきた原子爆弾は、まさに人間が自らに迷惑して、この罰せられる要素を忘れたことの証明だったのである。人間とは、他の生き物にない数学の知恵にまで至ることになって、その知恵の絶対化に惑うことになっているのだ。

この二十一世紀にまで至った人間は、今こそ「新しい戦争」ではなく「新しい智恵」へ進み出ていいのである。それこそが、人類の平和の祭典を真の喜びとし、さらに新しい未来を拓くことになるに違いない。私たちの身辺の状況もまた、イラク戦争の地獄と同質の闇に侵されているのである。私たちの今日の「生・老・病・死」は、いかなる形相を備えているか。現代日本では、毎年三万人を超える自殺者がでているのであった。現代人には、物の豊かさはあっても、心の充実と喜びがないのである。目を澄ませて、辺りを見回してみよう。現代では、人間生活のすべてが数字に置き換えられているのであった。誕生の喜びが、数字に置き換えられているとするなら、死の悲しみもまた、数によって語られると言えまいか。その数に置き換えられた生活に、真の喜びや悲しみがあるだろうか。老と病もまた、数の言葉で語られているのではないか。現代人は、孤独の極みを生きていると言うほかない。しかも、政治不信は深く、経済状況の混迷は今なお重苦しいというほかないのである。

どこに真の喜びに通じる道はあるのか。本書における細谷亮太先生との対談が行われたのは、二〇〇〇年の秋であった。その後、私たちの身辺や世界状況に何がおきているかは、ここに述べてきた通りである。この四年間の激動は、まさに凄まじいものであった。だが、黒闇こそはまた、真の明かりの扉となるのではなかろうか。この対談は少しも古びていないのである。いや、いよいよ新しいと言っていいように思う。ここに細谷先生とともに、期せずして考えさせられてきた人間の諸問題、その生・老・病・死の問題は、まさに新しい智恵に通じていると考える。その証を一点だけあげてみよう。細谷亮太先生は、小児白血病の子どもたちの生と死に付き添い、その喜びと悲しみをともに生きてきた人である。その医師としての人間の生死を見つめてきた先生のお言葉は、医療の現場を生きその現場を超えでているといっていい。先生はその最先端の医療現場を見つめて、現代を生きる人間の普遍的明暗を開示しているのであった。そして、これこそ現代が深く求めている人間の智恵というものであろう。

例えば、細谷亮太先生は対談の中で述べていた。

「ターミナルケアに携わる医療従事者などには、患者さんの亡くなる悲しみを自分のものにして感じすぎてしまうと、自分自身が燃え尽きて(burn outして)しまうから、ほどほどに距離をとってことに当たるのが専門家としての心構え(professional attitude)だ、といったことが洋の東西を問わずよく言われます。しかし僕は、burn outしてもしかたがない、burn outするぐらいに自分のことを感じたほうが、やはりちゃんと仕事ができるのではないかと思っているんです。悲しいことを悲しいと感じて、その悲しみをいつでも思い出せるようにしておくことがとても大事だと思うんですよ」

このお言葉は、数学の知恵の絶対化に迷う現代人にとっては、まさしく人間の普遍的課題の提示として何人も無視できないものであると言えまいか。人間とは、数である前に一人ひとりが人間なのである。細谷亮太先生は、小児白血病という難病を生きる子どもたちに付き添い、その生死を通して人間の根源的悲喜と苦楽を、ご自分の生死の根っことしているのであった。その眼差しは、先生個人の人生の道標であるが、それゆえにまた、現代人にとっての普遍的明かりであると私は確信する。私は細谷亮太先生との対談において実に多くの生死の原点を学んでいる。

ここに深く感謝の意を表明しておきたい。　合掌

追記

細谷亮太

二〇〇三年の春、勤続三十年のごほうびとして病院がくれた十日間の休みを使って歩き遍路をしてみました。

一日に歩ける時間は日の出直後から日没直後までとする約十時間。十キログラム少々の荷物を背負って一日に移動できる距離は、頑張りに頑張っても平均三十五キロメートル程度です。八十八箇所の全行程は一三〇〇〜一四〇〇キロメートルもあるので、第一回目は一番の徳島県霊山寺から高知県大日寺までの約三百数十キロメートルを歩いてみました。そして二〇〇四年の春、連休を三日使って、また第二回目を実行しました。

高先生との対談が私の遍路行をあとおししてくれたのは確かです。第一回目の日記の中から一部を抜き書きしました。

（細谷亮太著「医師としてできることできなかったこと」講談社α文庫より）

●霊場一番の霊山寺は駅から商店街を歩いて一キロぐらいのところにあります。まだ七時前ですからお店はどこも開いていません。商店街の真ん中ぐらいに小さなお堂があり、お地蔵様がまつってありました。お堂の中に、おひな様がプリントしてある幕が吊るしてあります。そう言えば明日は桃の節句なんだなとふっと思いました。いよいよです。

霊山寺山門前の店で、お遍路さんに変身すべく、身支度を整えました。金剛杖、白衣《びゃくえ》、菅笠、頭陀袋《ずだぶくろ》（同《どう》行二人《ぎょうににん》と書いてある布製の肩かけカバン）、それにタキシードの襟《えり》だけはずしたような恰好をしている輪袈裟《わげさ》、数珠《じゅず》、これだけで身なりはもう立派なお遍路さんです。私はだめ押しで脚絆《きゃはん》を買ってまきました。脚絆というのは、白い布で膝《ひざ》から足首のところまでをまいて、膝下と足首のところを紐《ひも》でしばる、一種の和風サポーターです。ズボンの裾は汚れないし、きゅっとしめられると、さあ歩くぞという気になるから不思議です。

頭陀袋の中に入れるものをそろえます。お数珠と輪袈裟に加えて、お線香とろうそく、お参りをするときのお経が書いてある経本、納札《おさめふだ》と納経帳《のうきょうちょう》を買いました。納札というのは、てっぺんにお大師さんの姿が描いてあるミニサイズのお札で、

「天下泰平」「家内安全」と両側にあり、真ん中に「奉納八十八ヶ所霊場巡拝同行二人」と記してあります。これに日付、住所、氏名を書き込んで、札所ごとの納札箱に投じるのです。納経帳というのは、お寺ごとに御朱印《ごしゅいん》をもらうための帳面で、和紙がとじてあり、金襴《きんらん》の表紙がついています。スタンプラリーのスタンプ帳のようなものです。

いよいよ霊山寺の山門に向かいます。ガイドブックで礼拝の仕方は予習してきたはずなのに、あまりよく覚えていません。バス遍路の団体の後ろについて復習をしました。入り口の山門または仁王門《におうもん》に一礼して、境内に入ります。水屋で手と口を浄めます。これにもちゃんと作法があり、リーダー格のやり方は堂に入っていて流れるようです。右手の柄杓《ひしゃく》で左手に水をかけ、つぎに左手に持ち換えて右手を浄め、その手に受けた水で口をすすぎ、最後にまた、右手に水をかけておしまいです。昨年の秋から隔週の金曜日の夜に通いはじめた「男だけの茶道教室」を思いました。日本の文化はやっぱり型から入るのがてっとり早いことを再確認します。

水屋の脇で輪袈裟を直し、お念珠を手にかけます。つぎに鐘楼に向かい、合掌礼拝して鐘を撞《つ》き、そのあとでまた合掌一礼します。本堂に行き、ろうそくと線香に火をつけておそなえします。本堂の前の納札箱に納札を入れ、お賽銭《さいせん》をあげ、合掌し、経本を開きお経を唱えます。プロローグの「開経偈《かいきょうげ》」、つぎに「般若心《はんにゃしん》経《ぎょう》」、ここまではわが家の宗旨の曹《そう》洞宗《とうしゅう》でもポピュラーなお経なので、私も唱えることができます。大体、キリスト教の一派である聖公会《せいこうかい》の病院で働いているとはいえ、私は一応、仏教徒なのです。

家族のうち、私と長男、次男を除く三人、つまり妻と長女、三男は、洗礼を受けたレッキとしたカトリック信者です。わが家のキリシタンたちは、かなり真面目に教会活動をしています。

長女は地方の大学なので、いま、一時お休み状態ですが、妻は聖歌隊で歌い、三男は教会学校で小さな子を相手に奮闘し、ボランティアをしにガダルカナル島まで出かけたりしているのです。それにひきかえ、仏教徒は何もしていない。「お遍路は仏教徒のまき返しです」、お遍路に出かける理由を聞かれたときには、こう答えるのもいいかもしれないと思いました。

話はお経にもどります。お大師《だいし》さまが開かれた宗派は真言宗《しんごんしゅう》なので、ここから知らないお経がはじまります。真言と呼ばれる呪文のようなものです。一番のお寺のご本尊は釈迦《しゃか》如来《にょらい》なので、本堂の脇にそれ用の真言が書いております。

「のうまくさんまんだ　ぼだなんばく」

これを三べん、つぎにどのお寺も共通の光明《こうみょう》真言を三べん唱えます。

「おん　あぼぎゃ　べいろしゃのう　まかぼたら　まに　はんどまじんばら　はらばりたや　うん」

経本に書いてあるのを大きな声で読みあげます。団体のおじいちゃん、おばあちゃんたちがいっせいにこれを大声で唱えると、UFOを呼んでいるように聞こえます。でも、口にしてみると、これがなかなか心地良いのです。

つぎに弘法大師をたたえる御宝号《ごほうごう》を三べん、「南無《なむ》大師《だいし》遍照《へんじょう》金剛《こんごう》」、最後に回向文《えこうもん》「願《ねがわ》くはこの功徳《くどく》を以《も》って普《あまね》く一切に及ぼし我等と衆生と皆共に仏道を成《じょう》ぜん」をあげておしまいです。回向文は、わが家の宗旨とまた共通です。最後に合掌して一礼。大師堂へ移動し、また御本尊の真言を抜いて同じことをくり返します。

お経を唱えながら、お葬式でもないのに涙が出てきて止まらなくなりました。ここで私の心の奥の「お遍路願望」はかなり複雑なことに気づきます。

●遍路道はたまに尾根歩きの道になります。ちょうどお昼近くなので、頭の上から早春のお日様が左右の斜面を照らします。そうしているうちにまた、雲が厚くなり、雨がぱらつきだし、風が強くなってきました。長戸庵から一時間半ほど歩くと、柳《りゅう》水庵《すいあん》につきます。

この番外霊場は、歩き遍路の人びとには有名なオアシスで、老夫婦が一晩三人までと決めて泊まり客を受け入れてくれると聞いていました。でも、庵に人気《ひとけ》はなく、鍵がかかっています。ご夫婦のどちらかが病気にでもなったのかもしれないと思いながら、ふと見ると、庭の水場の蛇口の下にバケツが置いてあり、椿の枝がひと抱え入れてあります。赤い椿の花を見て、

「ただのお出かけなのかもしれない」

と、ちょっと安心をしました。こ

のあたりが焼山寺までのおおよその中間点にあたります。

ここからの上りが、また大変でした。雨まじりの風がひどくなりました。霧も出てきました。風の音と自分の荒い息にまじって、小さな子が二、三人で、

「キャッ、キャッ」

とふざけながら、楽しく遊んでいるような音が聞こえてきます。だれにも会わない山の中の道です。焼山寺までは、もう三時間ほどかかるはずだし、単純に不思議だなと思いました。タケちゃんのお母さんが、

「亡くなった子たちが懐かしがって肩に乗ってきますよ」

と言ったのを思い出しました。でも全然、恐くもないし、不気味でもないのです。

「遊びにきたのはだれなんだろう」

と思いながら、すこし明るくなっている頂《いただき》を目指しました。

そこには見事な杉の大木があり、お大師さんの銅像が立っていました。一本杉庵《いっぽんすぎあん》です。人影はありません。子どもたちの声も消えてしまいました。立ちどまって耳をすまします。風がまた吹いてきました。すると、いままで上ってきた道の両脇の見事な竹林の大きな竹がすれあって、「キャッ、キャッ」「カラ、カラ」と音をたてました。そんなことだとわかって、すこしがっかりもしました。

でも、人間が風や光のなかで暮らすというのは、こういった感覚を日常とすることなんだろうとも思いました。
●最後の最後に、二百人余りの亡くなった子の有志がさそい合わせて肩に乗ってきて、いたずらをしてくれた話を書きます。
二十七番神峯寺《こうのみねじ》からの下りの道でした。とてもいい天気で軍手もはずしてしまっちゃおう、笠も脱いでザックにくくりつけてしまおうと思いながら、急な石畳の道を急いでいて、スッと右肩が重くなったような気がして、前にひどい勢いでのめって転んでしまいました。

「アッ、これはやられた」

なんとかビールのテレビコマーシャルのようなスローモーション風な気持ちでつんのめりながら、

「手の平が擦《す》りむけて血だらけになる、ズボンの両膝が破けて、膝小僧も怪我をする、顔も鼻からあごまで血が吹き出してしまう、これは大変」

と思っていました。それほど急な斜面だったし、勢いがついていたのです。

でも結果は膝にすこし血がにじんだだけですみました。軍手が助けてくれましたし、菅笠が「つんのめり用ヘルメット」のごとき、絶妙の作用でクッションになって顔も無傷ですみました。

「乗ってきたイタズラッ子たちもおとなになってて、こっちの身も気づかってくれたんだな」

と思いました。

対談集　いのちの言葉

発　行　二〇〇五年十一月十五日　第一版第一刷

著　者　柳田邦男・山崎章郎・道浦母都子
　　　　徳永　進・高　史明・細谷亮太

発行者　青山　智

発行所　株式会社　三輪書店
　　　　〒113―0033東京都文京区本郷六―十七―九
　　　　電話　〇三―三八一六―七七九六
　　　　郵便振替　〇〇一八〇―〇―二五五二〇八

印刷所　科学図書印刷

ISBN 4-89590-176-9 C0095